和灵魂
对话的女孩

[美] 保罗·艾尔沃克 著   朱明晔 译

THE GIRL

WHO WOULD SPEAK

FOR THE DEAD

国际文化出版公司
·北京·

图书在版编目（CIP）数据

和灵魂对话的女孩／（美）保罗·艾尔沃克著；朱明晔译. -- 北京：国际文化出版公司，2022.3
ISBN 978-7-5125-1327-3

Ⅰ.①和… Ⅱ.①保… ②朱… Ⅲ.①长篇小说－美国－现代 Ⅳ.①I712.45

中国版本图书馆CIP数据核字(2021)第227731号

北京市版权局著作权合同登记号：图字01-2022-0087号

All rights reserved including the right of reproduction in whole or in part in any form.
This edition published by arrangement with the G.P. Putnam's Sons, an imprint of Penguin Publishing Group, a division of Penguin Random House LLC.

和灵魂对话的女孩

作　　者	［美］保罗·艾尔沃克
译　　者	朱明晔
责任编辑	戴　婕
策划编辑	王　磊
出版发行	国际文化出版公司
印　　刷	三河市金泰源印务有限公司
开　　本	880毫米×1230毫米　　32开
	9印张　　　　　　　　210千字
版　　次	2022年3月第1版
	2022年3月第1次印刷
书　　号	ISBN 978-7-5125-1327-3
定　　价	49.80元

国际文化出版公司
北京朝阳区东土城路乙9号　　邮编：100013
总编室：（010）64271551　　传真：（010）64271578
销售热线：（010）64271187
传真：（010）64271187-800
E-mail：icpc@95777.sina.net

献给我的儿子们，
伊莱亚斯和加布里埃尔

在那遥远的、甜蜜的永恒中,

在那波光粼粼的河水之后,

他们为你我敲响了金色的钟。

——丹尼尔·德·玛贝拉

你是否想过,当灵车经过,

你离死亡也越来越近?

——第一次世界大战灵歌

目 录

Part 1

1. 1925 年 6 月 / 002
2. 迈克尔 / 006
3. 鬼魂 / 010
4. 名为雷吉纳·沃德的鬼魂 / 014
5. 魂灵在发声 / 017

1872 年 8 月 18 日 周日晚上 / 027

Part 2

6. 老朋友 / 034
7. 惊人的艾米丽 / 048
8. 幻想 / 056
9. 羽蛇神 / 062
10. 涟漪 / 066

1883 年 6 月 14 日 星期四下午 / 079

目 录

Part 3

11. 一次聚会 / 090

12. 荒野中的鬼魂 / 100

13. 画布上的线条 / 109

14. 个人的影响 / 113

15. 奥秘 / 124

16. 鹅与坟墓 / 133

1914 年 5 月 12 日　星期二早上 / 143

Part 4

17. 木已成舟 / 150

18. 一束光 / 156

19. 平衡 / 162

20. 大吃一惊 / 174

21. 碎片 / 182

1911 年 10 月 25 日　星期三早上 / 189

Contents

目录

Part 5

22. 桃乐丝·艾伦的智慧和一个协议 / 196
23. 你好，天真的陌生人 / 203
24. 帕特里克 / 211
25. 被埋葬的历史 / 223
1918 年 6 月 30 日　星期六早上 / 233

Part 6

26. 与死人一起游泳 / 242
27. 暗影之谷 / 250
28. 茶房 / 261
1939 年 9 月 3 日 / 266

Part 1

1. 1925年6月

那个替逝者发声的女孩独自站在雨后的碎石路上。

她踩着大块的石头以保持平衡,两臂下垂,裸露的脚趾紧扣在冰凉的石头缝里。那光滑的石子在柔和的天光下闪闪发亮。她打起精神,继续在石子间跳跃着,离开黑色窗框的白色塔楼,往路旁的红砖房那头去。女孩瘦瘦小小,四肢灵活,比实际年龄显得更小。每跳到一块石头上,脚趾、脚尖都往前打滑。找到平衡后,她便笑着挥挥双臂。然后弯腰屈膝,双肩向前一带,又跳了出去。跳到下一块石头上,立马蹲下来,以免摔倒。

女孩三天前刚过了13岁生日。哥哥与她一起过了13岁生日,但他对过生日这件事颇有种愤世嫉俗的态度,不似她那样兴高采烈。除了性格不同,两人长得也不像是孪生兄妹,倒像是表兄妹。

6月23日,生日那天早上,女孩来到母亲喝咖啡的阳台,见她正和玛丽——唯一一位住在拉文伍德宅邸的用人——坐在餐桌前。母亲一头黑色的长发松散地扎成一个圆髻,好似随时要沿着长长的脖颈散落下来。她把茶杯捧在胸前,手指纤细洁白,把杯中的温暖捧在面前。玛丽50多岁，生着一张栗色圆脸。她问一个问题，那平淡的语气让女孩觉得，这问题已是第二次提出，只是抬高了嗓音，放慢了语速。

玛丽先看到了女孩："看看哪个小姑娘睡了一觉，变成了大姑娘！"

母亲的视线从窗外的特拉华湖转了回来。"早安，艾米丽，"她说，"生日快乐。"

"谢谢妈妈。"

"过来坐吧，艾米。"玛丽说。

"先倒一杯来。"母亲说。

"一杯？"艾米丽问，"咖啡吗？"

"厨房里没有茶叶了。"玛丽说。杯中升起缕缕热气，那热气后面，依稀可见她眼里的光芒。在那天之前，艾米丽每次显示出对咖啡的兴趣，都会遭到母亲决绝而冷淡的否定。"任何事都讲究时辰。"母亲总爱这样说。

艾米丽端着咖啡来到母亲身旁的座位。玛丽说："要加奶油和糖吗？"

"好的，谢谢。"艾米丽不确定要怎么喝咖啡，更不知道自己究竟喜不喜欢咖啡。反正玛丽和母亲都加了奶油和糖。

"两勺？"玛丽一边问，一边打开了糖罐。

"好的。"

艾米丽将杯子举到嘴边。

"小心烫。"母亲说道。她倦怠地看着艾米丽,那样的目光有时陌生人看了都会紧张。连她的邻居都不甚了解这位住在河边别墅里的年轻寡妇,她是这栋房子的主人,她曾是社交场上的红人,现在却关起门来不问世事。那些宴会,玛丽过去操办过多次。她知道人们的喜好,早就告诉艾米丽的母亲,不要邀请那些古怪的客人来。

"为长命百岁干杯,艾米丽·斯图尔特。"玛丽说。

艾米丽的母亲举起杯子,三人一起喝着咖啡。咖啡豆、糖和奶油那苦甜参半的味道在舌头上绽开时,艾米丽不由得瞪大了眼睛。

"生活多快乐啊,艾米,"母亲说道,"能坐在这儿喝咖啡。"她喝了一口,看了一眼艾米丽,又将视线移开了。"去叫你哥哥起来喝一杯。"

三天后的现在,雨后的碎石路上,艾米丽跳到一块突出的石头上,差点因为流向下水道的一摊雨水滑倒。艾米丽重新站稳,在石头之间画着"之"字往前跳着;小心摔倒,小心摔倒,小心摔倒。雨后清新的空气让艾米丽想起了门廊上读书的父亲,那年她才6岁,父亲就因战争前往法国,归来时却变成了一排排墓碑中的一个。他在房子与河流之间的小路上种下一排山茱萸,那些树木到了春天,便会盛开出粉色的花朵。他的书籍在书房的架子上一字排开。草坪上的大理石日晷和鸟池,周围立着几棵大树,有时空空如也,有时灌进雨水,庄严而孤独。他在边上写了一句欧玛尔·海亚姆的诗:*由来时逝如飞鸟,振翼凌空不可留。*

艾米丽对他的记忆就像是阳光明媚的午后,一张张姿态不同的照片，被窗台上的雨水淋湿，模糊。她经常想起父亲来，但不曾提起。她知道，母亲和迈克尔也是如此，有时他们三个坐在屋里，一言不发，好像在纪念逝去的他。

艾米丽走向河边，大树挡住了房子的身影。她站在岸上，看着水中的鹅群来回游荡，脚趾在湿润的草地上扭动。

她动了动脚踝，牵动了跟腱，再带动一块小骨，最后全身哆嗦了一下。她的脚一动不动。她几乎能听到那尖锐的、突兀的声音悬浮在她的头顶，像一片羽毛，好像那羽毛能散开成细碎的声响。一周前，她躺在床上，研究着这个动作的声音和感觉，便发现了这个隐藏的能力。

艾米丽发现，要是她集中精力，就能让脚踝发出的声音更大，更清晰，更独特。这个游戏，预留给河边、床上、浴池里的独处时光，预留给独自待在红砖房的自己。这座房子过去是个花苑，在斯图尔特夫人小时候改成了游戏房。几年前，斯图尔特夫人拿走洋娃娃和其他玩具时，玛丽便开始管它叫茶室。对艾米丽来说，那是沐浴在阳光里的影像，真实却难以捉摸，是别人生活的碎片。

每天，她都想着要把这个特异功能告诉迈克尔，但下一秒转念一想，再等等吧。这样奇怪的一件事好像连接着世界上所有未解的谜题。艾米丽呼吸着河上吹来的凉风，脚踝一动，随之响起一系列声响，好像还带着某种韵律。她眯着眼，听自己体内发出的声音，在周围的空中回荡着，有趣而神秘，最后消失净尽，好像从不存在似的。

2. 迈克尔

第二天下午,艾米丽的哥哥坐在河边一棵橡树下乘凉,他那皮包骨的双腿舒展在草地上,一双灰色的眼睛看着水面,前额那浅棕色的碎发随风飘扬。

艾米丽向他走去,观察着他是否注意到自己。这是两人之间常玩的游戏,它没有名字,或许可以叫"你好,粗心大意的陌生人",他们的母亲有时趁其不备吓唬他们时就会这样说。

"迈克尔?"艾米丽来到他身边说。

"嗯,艾米?"迈克尔说道,好像他已等候她多时了。

"又自己待在这儿。"

"又被你抓到了。"

迈克尔10岁生日前,发现自己对他人忍无可忍,便养成了一个习惯——说话时总带着居高临下的语气。他迷恋于意想不到、环环相扣的细节,通读了世界历史,深谙西班牙征服者在汪洋大海中、登上船舰时面对的风险,但是当柯蒂斯将士兵带上岸,占领丛林后他便失去了兴趣。他带着一份H.G.威尔斯的《时间机器》复印本,像个《圣经》学者，好像认为即使有遇上食人族的风险，这趟探险也颇具价值——最后他把那本书遗忘在河岸边，任其被雨水淋湿。如今他爱上了简明而冗长的摩斯电码，把人类历史抛诸脑后了。

"你干吗呢？"

"想事儿呢。"

她挨着他坐在草地上。

"你会弄脏裙子的。"他说。

日落时分，嗡嗡虫鸣。一朵粉色的云彩倒映在河水中，随着波纹荡漾。

"你在想什么呢，迈克尔？"艾米丽问。

"我在思考天堂。"他顿了顿，"假如，天堂根本不存在，假如这个地方是人们编造的——"

"天堂当然存在了。"艾米丽说。

"我知道……暂时假设它不存在。你想过吗？"

其实她也这样想过，一两次而已。"没有。"她回答，"你干吗想这些事？"

"问得好。"他说，"你想知道我还在想些什么吗？我在思考死亡，思考我的死亡。你懂的，我们的死亡。"

"一个13岁的孩子整天想着死亡，真是有你的，迈克尔。"她说道，心想，妈妈估计也会这么说。

"如果天堂只是人们编造出来的地方呢？"他问。

"如果爸爸……要是他只是——"

"他在天堂。"她说。

"别生气,艾米。"

"我没生气。"她说,"不过我不想再听到你这样说了。"

"但是,如果人们不死,就不需要天堂了。我是说,不需要讨论天堂的存在。"

"你就是这么想的?"艾米丽问。

"对,只有死人需要天堂。"

"你觉得妈妈会怎么说?"

迈克尔耸耸肩。在艾米丽眼里,他和母亲的关系总是异常奇怪。有时候,到了晚上,他们俩在客厅里聊邻居或学校的事,艾米丽听着以为是一对老夫妻在谈话。迈克尔经常从椅子上站起来,走到远处,站在窗边,或盯着架子上的东西。这时,艾米丽便确定,如果迈克尔能瞬间移动,在他消失到另一个世界之前,她最后看到的一定是他盯着一个花瓶出神的样子。在那另一个世界里,一切都井井有条,但没有条条框框,也没有投机、风险,这是他过去不曾在意的。他们的母亲从不急着将迈克尔从那突然的、遥远的遐想中拉回来。

迈克尔知道艾米丽永远不会把他俩之间的谈话告诉母亲。"好了,"他说,"你刚刚问我在想什么?"

"你现在不相信天堂存在,对吗,迈克尔?"她觉得迈克尔好像故意把话题引到埋在地下的父亲的棺材上。

"我没这么说,艾米。"他把双臂搭在胸前。

"我只是在想,可能是我吃了什么不该吃的东西吧。"

艾米丽站起来,转过身,向屋里走去。落日的余晖洒向三楼的窗边,洒向高高的树枝。暮色使沿路的红砖房更加耀眼,为绿色的百叶窗披上一层蓝晖,给房顶和尖塔罩上一层薄雾。

3. 鬼魂

艾米丽在阳光下的大街上走着。那是周三的下午。狭窄的小路和相邻的街道之间围起一块尘土飞扬的荒地,四周立着树木——俨然一座19世纪风格的僻静小镇,附近宽阔的街道、人行道与这个地方毫无关系。古老的楼宇、旅馆以及赌场,保留了旧貌,这里是19世纪富豪家庭躲避红尘喧嚣的度假圣地。而如今,这里的居民长住于此,即使是最热的度假旺季的6月底,此处也有一种被遗忘的淡季的感觉。

艾米丽和迈克尔被老师霍尔特先生打发出来,进行课间休息。霍尔特老师是他们母亲特意雇来陪他们度过暑假学习时光的,每周三下午上课。霍尔特先生在20分钟的休息时间里,总是抽一两根烟,或者哼哼小曲。

艾米丽走到庄园的另一边,走出西门,沿着草坪间的蜿蜒小路,经过篱笆旁的树丛,来到河边,对面是拉文伍德的楼宇。她看到一只在庄园里游荡的土拨鼠,从一棵枫树根的洞里爬了出来。有时,她能透过窗户或者更远处看到它自在地摇头摆尾,可一旦有什么风吹草动,它又像只松鼠般大惊小怪。它终于摆脱了疑虑,准备冒险穿越草地,却又看到了100英尺之外的艾米丽,溜回洞里去了——速度快得让人看不到残影。最重要的是,极端谨慎是唯一可行的选择。艾米丽心中默默祈祷,希望它的下次冒险能够顺利进行。

她来到河边,发现迈克尔正坐在他常坐的那棵树下。她在旁边坐下来。"我们应该养只狗。"她说。

"妈妈不喜欢狗。"

"你不是喜欢吗?"

"这不重要。"

"哪有人不喜欢狗啊?"

"我倒是喜欢,"他说,"可妈妈不喜欢。"

房子的另一边,传来霍尔特先生短促而甜美的口哨,好像一只古老的鸟儿在歌唱。

"你相信鬼神存在吗?"迈克尔问。

她想了想。艾米丽觉得自己应该给出否定回答,并告诉他,小孩子才相信鬼神存在。"有时候相信。"

"是在夜里吗?"

"对。"

"到了晚上,人们很容易相信有鬼。"迈克尔说,"当然了,鬼啊,妖怪之类的本是不存在的,对吧?只在书里看过。但是到了晚上,你从窗户往外看,树丛里有好多妖精,说不定还能听到它们的声音。"

他们望向河对岸,似乎在寻找妖精的声音。

"有时我会想到鬼怪,"迈克尔说,"想过很多次。"

"你就是个怪物。"艾米丽说。

"我想起它们,"他不理会艾米丽,继续说,"有时甚至相信它们真的存在。我觉得这个地方很适合鬼怪生存。"

艾米丽一直认为这座房子是所有夜间生物的理想场所。她想起墙上和架子上摆着的陈旧的全家福,想起她的姑姥雷吉纳16岁时死在河边,人们说她受到了诅咒,从梯子上摔了下来。一张摄于阳光门廊的照片中,雷吉纳神情困惑,对生活几乎没有兴趣,那深色的眼眸和犹豫的嘴唇好像在诉说着在阳光门廊上发生的事她一无所知。就像老照片上预示的那样,事情总会发生。他们的外祖父母、曾外祖父母都是在这里去世的。他们母亲的哥哥,迈克尔,几年前的某天突然失踪了。后来,斯图尔特夫人给儿子取了同样的名字,对消失的人缄口不提。他们的父亲也一样,失去,绝口不提。

艾米丽说:"我以为你不相信死去的人——"

"没关系。我随便说说的。你看到他们在河边呢,还是在树丛里?"

"在房子里。"她说着,思绪从房子的阴影中飞到那座古老的花园房里,"茶房里。"

"我昨晚做了个梦,"迈克尔说,"梦到一个鬼。我醒来,发现自己坐在客厅里。月光透过窗户洒进来,我独自一人,在房间里四处飘着——一切都那么安静。我知道你和妈妈不在,玛丽不在,但是爸爸在。我没看到他,但知道他在那儿。好像一时间,他变成了那墙、那地板和月光,而我正在他的声音中漂浮着。"

"你还记得他的声音?"她有时候清楚地记得父亲的声音,但有时候,她又感到恐惧,随着时间的推移,记忆的碎片拼接在一起,父亲的声音好像变了个人似的。

"不,"他说,"我不记得了。但是在梦里,那就是他的声音,你懂吧?"

"嗯,他说什么了?"

"不记得了。好像什么都说了。"

霍尔特先生的口哨从岸上传来。很快,他就会走到门廊上。两个孩子不想回去学习,但彼此都心知肚明,先生马上就要带他们回去了。那悠扬清脆的口哨渐渐远去,从房子的一角消失了。

当晚,艾米丽梦到她站在房子外面,沐浴在月光下。她沿着车道走去,经过茶房,站在树荫里,等待着令人魂牵梦萦的某种声音,某种让树枝都为之颤动的音乐。

黑暗中,她听到一群妖怪笑着冲彼此喊叫,它们是月光和枯叶做成的。她看到它们在周围的树枝和树桩上跳跃。它们在庆祝——庆祝姗姗来迟的她。但她很害怕。这些妖怪跑得太快,看不真切,只能用余光感知它们的样子。妖怪们唱着不知名的歌,歌词里有她的名字:"艾——米——丽……艾——米——丽……艾——米——丽……"

4. 名为雷吉纳·沃德的鬼魂

艾米丽睁开双眼,看到月光正洒在床前。楼梯口上挂着的钟表滴答滴答响着。她的意识跟着声音飘到楼下,月光洒在地板上,让缝隙变得深不见底;洒在门口,门框似乎变成了洞穴;洒在楼梯上,让台阶显得形状怪异,神秘无比;洒在壁炉里,让壁炉中的炉架显得如獠牙般锋利。墙上的全家福——记录着拉文伍德几代人的照片——含蓄地诉说着每个人的个性。她躺在床上,面朝天花板,眨了眨眼。

起床后,艾米丽光脚走到客厅里。她伸着脑袋仔细听着,思考着之前的梦,有关树丛中的妖怪——她站在黑暗的大厅时,那个梦便开始瓦解。楼梯上方的钟表还在滴答滴答响。

站在门口的艾米丽想起了躲在床单下的安全感,又想到了梦中看见的森林里,那些妖怪起舞的样子。因为她不想重回那妖怪遍布森林的梦境,因为钟表的摆声太大,因为她还没完全清醒,所有的决定都顺从内心的直觉。艾米丽没有返回床上。但是森林里的妖怪已经占领了夜晚,艾米丽在半睡半醒中徘徊。

她回到楼上，在想象中的走廊里（和她面前的走廊颇为相似），她看到一个穿着白色睡袍的女孩，那睡袍和她的一样。那女孩比她大一些，头发在月光下闪闪发亮，遮住了脸。艾米丽认出了这个看不到脸的女孩——她就在那张摄于阳台里的照片中。雷吉纳。一阵令人愉快的寒意从头皮遍布全身。那女孩站在楼梯上，往前迈了一步，那纤弱的脚静静地踩在硬木地板上。

艾米丽转过身，从楼梯往下看，迈克尔的房间开着门。她感觉雷吉纳从后面靠近她，穿过她的身体，一瞬间，她的身体变得透明，记忆也变得透明。艾米丽向着迈克尔的房间走去，内心对黑影和死亡的恐惧全然消失，因为她已变成了鬼魂，统治着暗夜。她轻快地走到迈克尔的房间，来到床边的窗前。树木幽暗而美丽，小路深处的树林里，妖怪们正准备着迎接女王。

来到熟睡的哥哥身边，艾米丽心中无端生出一种同情来，同情着眼前这个毫无防备的人。她躲进窗边的角落，蹲下来，双臂抱着膝盖。脑海中灵光闪现。过了一会儿，一声闷响打破了寂静。接着又响起两三次声音，毫无规律。一下、两下、三下敲击声回荡在昏暗的卧室里，好像几句简短而坚定的句子。

迈克尔的床"咯吱"一声，然后响起一阵"沙沙"的声音。

艾米丽不知道他能不能看到自己。他一声不吭侧卧着，黑暗中又响起一阵敲击声，他抬起了头。艾米丽捂着嘴偷笑，又淘气地敲了几次。空气随声音震动——声波从墙上反射回来，汇聚在床上方，灌进他的脑袋。他那脆弱的身体，僵硬、难受，在黑暗中缩成一团。但他并不孤单,他很清楚这一点。

一个敲击声,令人遐想,其中的目的和意义丰富极了。角落里,响起微弱的"咯吱"一声。

迈克尔循声望去。窗外的光线照亮了地板,使角落里的艾米丽更加黑暗。她起身来换个姿势,手指碰到旁边的一个橡皮小球。她知道,那是迈克尔几个月前丢掉的玩具,有段时间,他总在房子周围、学校操场上边走边拍球玩。

艾米丽静静地笑着,身体也随之起伏。她又敲了六次,然后将小球扔到月光照亮的地板中央。

她的哥哥倒吸了一口气。

艾米丽叫道:"迈克尔。"她那甜蜜的嗓音从角落里传来,听上去竟有如天籁一般。她站在月光下,向他的床迈了两步。她并没有逼近,只是站在一旁。等到她把面容展露在他眼前,他往后一退,说:"我的天哪!"

她笑了起来,向门口走去。

"原来是你。"迈克尔说。

她走到大厅里,留他自己笑得上气不接下气。

突然,她又把头伸进门来,说:"嘘!"

5. 魂灵在发声

艾米丽看着哥哥从餐桌边走过。迈克尔回过头。

"睡得好吗,迈克尔?"她问。

"很好,艾米。不过我梦到一个可怕的女孩。"他吐了吐舌头。

她朝他龇牙咧嘴。

斯图尔特夫人拿着咖啡杯从桌前起身,走到厨房里。"不好意思。"她转过身开了个玩笑:"要是流血不可避免,可以用地下室里的拖把。"

母亲走出厨房,关上门后,迈克尔说:"你怎么做到的?"

"做什么?"

"那个声音。你怎么发出那个声音的?"

"只是个小小的闹剧。"她看着厨房的门,然后伸出右脚,脚跟放在桌上,冲迈克尔摇摇脚趾。他不悦又不解地看着她的脚。她的脚部发出清脆尖锐的一叩。

他坐了起来:"再来一次。"

她又敲了一次,然后又敲了两次。可就在他眼皮子下面,她的脚踝却一动不动。声音似乎是从周围的空气里发出的。

"怎么做到的?"

她耸耸肩:"我本来就会。"

"能做几次?"

"想做几次做几次。"

"什么时候有这个能力的?"

"几周前。"她说。

"就是有一天突然就发现了?"

"是的。"她抑制不住地骄傲起来——她知道,那股自豪感正在眼睛深处燃烧,迈克尔越着迷,这种自豪感便越难隐藏。

"真是见鬼了。"他说着,瞅了瞅自己的脚踝,"这可真吓人。"

艾米丽轻蔑地说:"有人能做到的事,就不算吓人。"

"对,我就是这个意思。"他没有理会她的态度。

厨房里,妈妈和玛丽的说话声从阳台门口传来。

"你现在有了自己的鬼魂。"艾米丽说着,把脚收了回去。

特拉华山谷的夏天在湿热中结束了。学校放假后的几周里,孩子们懒懒散散,除了周三的课程。就连上课时也毫无在校时的紧张,因为霍尔特先生那令人尴尬的幽默无处不在,讲到帝国灭亡、伽利略证明地球不是太阳系中心时,似乎还会挤眉弄眼地笑。两兄妹一起看书,和邻居的孩子在饭后玩耍。斯图尔特夫人早上在家,午饭、晚饭时也尽心尽力,不过经常藏在楼上的房间里,播放着轻柔的音乐或者听广播。玛丽打理着其余的事情,像个挑大梁的舞台监督。

艾米丽蜷缩着身体坐在门廊的秋千上,读着看过两次的狄更斯著作《远大前程》。迈克尔从车道拐至大门口,身后跟着住在不远处的朋友阿尔伯特·邓恩。阿尔伯特的哥哥帕特里克,在战争中去世了。他的父母经常挡起窗帘待在家,很少出门。阿尔伯特的父亲很胖,戴着灰色的帽子,穿着夹克,总是迅速地笑笑,然后便恢复了凝重的表情。阿尔伯特比双胞胎小一岁,比迈克尔略高,总是挂着一抹紧张的微笑,好像做这个表情让他很后悔。

"你看,阿尔伯特,"艾米丽听到迈克尔对他说,"这是真的。我知道你为什么不相信我。要是换作我,我也不会相信的。"她从迈克尔的口吻里明白,他这么说是为了她好,这样她就不会不以为意。

"阿尔伯特不相信我说你有特异功能,艾米。"迈克尔说完,两个男孩来到门廊。

"哦,"她说,"是吗?"

"是的,所以我把他带来了。他不相信拉文伍德有鬼。"他给艾米丽递了个眼神,心想,这下该当回事了吧?

"啊——"她说。

"也不相信你能和他们交流。他不相信鬼魂能通过你发出声音。"

"你明明知道这是为什么。"她说。

"当然了,所以我把他带来了。我告诉阿尔伯特,那些鬼魂怎么在茶房里找到你了。"

"嗯。"她瞥了一眼那间小屋。

"所以我想,我们可以一起过去让阿尔伯特看看。"迈克尔说,"当然,前提是你愿意。"

"没问题,今天正合适。"

"不是每天都可以的,你知道的。"迈克尔告诉阿尔伯特。

阿尔伯特看看迈克尔,再看看艾米丽,满脸疑惑。

"好了。"艾米丽说着,把书放在一边,站起身来。她开心地伸了个懒腰,反正书也看够了。她带着男孩子们沿着卵石铺成的车道走到茶房。在她眼里,脚下的石头有种神秘的光芒,那是一种暴雨过后的明净。她打开门,跨过门槛,走到阴凉的室内。她走到白桌子的一边坐下,背对着墙,双手交叉放在桌上。桌子、地板和墙一齐震动着,艾米丽的指尖和脚趾都能感觉得到。她的脸上露出平静的、深沉的表情。

"在哪里?"阿尔伯特说。

"没这么快,阿尔。"迈克尔说,"耐心点。"

艾米丽闭上眼睛,思考着如何开始。要是她事先知道迈克尔和阿尔伯特都说了些什么就简单了。

"你都和谁……说话呢?"阿尔伯特问艾米丽。

"有很多——"迈克尔说。

"雷吉纳·沃德。"艾米丽说。她看着哥哥,他冲她挤眉弄眼,提醒她谨言慎行,"还有其他人,不过主要是雷吉纳·沃德。"

"雷吉纳·沃德是谁?"阿尔伯特问。

"我们的姑姥。"艾米丽说,"1883年,也就是她16岁的时候,她去世了,就死在我们坐着的这个地方旁边。"

艾米丽看到阿尔伯特起了兴致。

"发生了什么?"他前倾着身子问。

"她从河岸上掉下来了,摔在石头上。"迈克尔说,"撞到了头部,去世了。曾外祖父第二天早上才发现她,"他补充道,"早起散步的时候。"

"她的尸体,"艾米丽说,"歪歪扭扭地倒在石头上。眼睛还睁着。"

阿尔伯特盯着桌面,过了很久,才回过神来。"她在吗?"

两兄妹看了对方一眼。

"是的,"艾米丽说,"她就在我旁边。"她感觉到那个魂魄从走廊里飘来,进入她的体内。

"她一直在这里。"

阿尔伯特的目光在艾米丽周围扫过,想看看雷吉纳的真面目,说不定血肉模糊、歪七扭八。

"好了,阿尔伯特,你想和雷吉纳说话吗?"迈克尔问。

"我不知道说什么好。"阿尔伯特说。他脸色苍白。

"问个问题,"迈克尔说,"雷吉纳——说不定——会用我跟你说的那种声音回答你——那是什么声音来着,艾米?"

"敲门声。"她说,"你会听到的——你告诉我们你想听哪种声音。"

迈克尔说:"随便问个问题,那种能用'是'或'否'回答的,'是'就敲两下,'否'就敲一下。"迈克尔看看妹妹,确信她听懂了他的话。她眨了眨眼,示意他的担心是多余的。

迈克尔和艾米丽等待着阿尔伯特的问题。最后,阿尔伯特说:"你死的时候痛苦吗?"

三个孩子静静坐着,屏住呼吸。小房间里响起一声清脆的敲击声。声音从艾米丽那里传出,又从四面墙壁反射回来。

"她是当场死亡的。"迈克尔说。

阿尔伯特清了清嗓。"你怎么做到的?"他声音颤抖地问。"快告诉我。"他双眼瞪得溜圆。

迈克尔举起双手。"阿尔,我可什么都没做。"他说着,从桌前站起来。"我到这儿来。"迈克尔走到他身边的角落里,旁边是一扇小窗,阳光洒在他的背上。"继续吧,阿尔伯特,再问点别的。"

艾米丽也跟着举起手来。"继续,阿尔伯特。"她说。

阿尔伯特又想了想,皱着眉头,一只手捂着嘴看着桌面,然后再瞥一眼迈克尔,说:"你身边有很多去世的人吗?"

一阵沉默后,好像很刻意地,小屋里响起了两下"咚咚"声。

阿尔伯特一言不发,看看迈克尔,再看看艾米丽。

"再来,阿尔,问她。"迈克尔说。

阿尔伯特问雷吉纳,会不会思念活着的时候,天堂是不是比人间好,她过得快不快乐。他慢慢讲出这些问题,敲击声在空气中响着，时间不知不觉地过去了。雷吉纳的确怀念活着的日子，但是天堂也很快乐，她过得挺好。阿尔伯特问雷吉纳是否和父母在一起。她用两下敲击声给了肯定的回答。他问她，知不知道下一个去世的人是谁。她敲了一下，表示否定。夕阳西沉，房里的影子也跟着斜斜地慢移，孩子们却没有察觉。

迈克尔走回桌前。"你该累了吧，艾米。"他说。

艾米丽垂下眼帘，为迈克尔的关心感到惊讶，但掩饰了自己的情绪："是有点累。"

"别做太多了，"迈克尔说，"我们还没搞清楚这是怎么回事。"

她扶着额头，没有朝他耸肩："每个问题都要付出代价才能解决。"

"对，我们要三思而后行。"迈克尔转头看着阿尔伯特，"不要和别人说，我们要尽力保守秘密。"

"其他人都不知道？"阿尔伯特说。

"谁也不知道。"迈克尔说，"所以我才带你过来，因为我知道你会守口如瓶的。"

艾米丽知道哥哥选择阿尔伯特·邓恩的原因并不在此，但最重要的是，他是哥哥唯一真正的朋友。

"我都不敢想象，大人们知道这件事会怎样。"迈克尔说，"你能想到吗？"

阿尔伯特说他想得到。

"而且他们永远不会明白，这是多么的特别。他们太现实。"

"是的。"阿尔伯特说,"就是这样。"

"当然了,可能他们会阻止艾米丽,或者把她送走。"

艾米丽瞪了哥哥一眼。

"不管怎样,"迈克尔说,"小心点就好。我们改天再见。说不定还可以成立一个小协会。好吗,阿尔伯特?"

阿尔伯特又一次望着桌子,眼神迷离。

"阿尔?"

阿尔伯特回过神来:"没事。"他摇摇晃晃站起来,从头到脚都在颤抖。

"记住,"迈克尔说,"别走漏风声。"

"没问题。"阿尔伯特说。他伸展僵硬的双腿站起来,走出茶房,沿着小路来到大门前。

迈克尔靠在门边,看着阿尔伯特离开。"不可思议。"他嘀咕着。艾米丽很久没见他这么开心过了。"没想到这个能力在阿尔伯特身上也能显灵。"

"我们之后再聊?"艾米丽说。

"没问题,我们不能就这么不了了之,这件事事关重大,我从没遇到过这样的情况。他完全相信了,真不可思议。"

她还记得那些敲击的声响,比原来更加真切,也从此失去了一个独享的秘密。"玩弄阿尔伯特·邓恩是一回事,"艾米丽说,"但不可能一直都这么容易。"

"你说的有道理。不过这个实验多有意思,艾米!"他坐在椅子上。

艾米丽思考着一群孩子像阿尔伯特那样，在茶房中盯着她，感受雷吉纳·沃德的存在。还有更大的世界，像聚光灯一样照亮她的内心，她说不准那站在灯下的人（或许就是自己）——会否在意黑暗中所有人的眼睛能分清那声音是属于这个世界，还是另一个世界。"你心里有多少？"她问道。

"哦，就那么几个。好了，我们先享受一礼拜，艾米，别浪费这个机会。你有这个天赋。"

"好吧，"她说着，目不转睛地看着他，"但是别太过火。"

"好的，艾米。"他说完，转身往门口走去。

"别把我当成阿尔伯特·邓恩，以为能把我耍得团团转，迈克尔。"

但是他已经出了门，往家里走去，一边走一边思考。

这天下午，阿尔伯特爬上家里的梯子，站在父亲的书房门外，凝视着深色的橡树。屋子里一片寂静。阿尔伯特知道父亲正坐在一张椅子上，腿上放着一本相册。相册里有很多哥哥帕特里克的照片。但邓恩先生对哥哥只字不提，从不夸赞哥哥的勇敢。他也从不掉泪。有时，他走进书房，关上门，几个小时不出来。当他出来时，便对一切都失去了兴趣，要是有什么东西打扰了他，他定会显出不耐烦的样子。

阿尔伯特敲了敲门，又退了一步。

书房里传出一阵混乱的声音。随后，门开了。邓恩先生穿着长袍站在他面前,脸色萎靡不振。

"父亲!"

邓恩先生缓缓呼出一口气。"嗯,阿尔伯特?"

"你——"阿尔伯特清了清嗓。

邓恩先生站直身体,打开双肩。

"你相信鬼魂存在吗?"

邓恩先生闭上眼睛。"怎么,"他缓缓地说,"你来找我就是问这件事?"

"我只是想——"

邓恩先生突然瞪大双眼:"你跑来敲开我的门就是为了问这个问题?"

"我认识一个能和鬼魂说话的人。"阿尔伯特脱口而出,"我亲眼见过。"

"别瞎编了,阿尔伯特。出去待会儿,我想静静。"邓恩先生关上了书房门,只剩阿尔伯特独自面对窗外黑暗的树林和一排排谷物。

1872年8月18日
周日晚上

伊莲·沃德看着丈夫罗伯特穿过房前的草坪,来到花园房——在以后的岁月里这里将被称为"茶房"——他踉踉跄跄,拄着拐杖急匆匆地走着。她坐在窗边的桌前,正在给母亲写信,想告诉母亲从度假别墅返回到费城的确切时间。伊莲的信里囊括了太多细节,优雅而自豪的手笔写下了马车队、城外到访的客人、河里游泳的孩子、热伤风和没日没夜的大雨。她写道,大雨无情地倾泄在屋顶,整个庄园都像飘摇在暴风雨上的一艘小船,哗哗的雨声,伴随着电闪雷鸣响彻耳边。草坪上掠过的影子,吸引了她的视线,那是罗伯特,将近50岁的他满头灰发,虽然拄着拐杖,走起路来却一点不比年轻人慢。罗伯特站在那座红砖小房外面,和一名园丁说话,那人比他年长,秃顶,满脸雀斑,一对大耳朵。两个人一边说话,一边环顾四周,指点着什么。男人都是这样,她见怪不怪了。他们的手指向河边的树木、花园房附近的玫瑰园,以及马车房周围的雪松和云杉树,好像他们挥一挥手臂,就能赶走这个夏天。夏末,罗伯特的效率越来越低，一切都变得萧条寂寥。他害怕夏天结束，伊莲知道，但他不愿承认。她知道他对什么东西都没有占有欲——这对于一个富有的男人来说，是件奇怪的事。她总这么想——但有几件事总令他着迷，其中一个就是他五年前建造的湖边天堂，他把她和儿子乔纳森从弗吉尼亚接来，这是他们在北方的第一个家，他们的女儿雷吉纳也出生在这里。

伊莲看着罗伯特和园丁站着谈话的地方，知道离他们不远的地下，有一条砖砌的隧道。她曾站在隧道中，感受砖瓦的湿气，看着影子在她面前跳跃，仿佛躲避她手中煤油灯的亮光，往花园房安全逃去。那两个男子中，只有罗伯特知道隧道的存在。罗伯特以为她不知道隧道存在，更不消说隧道的入口出口了。可早在她穿过隧道，感受大地凉爽拥抱之前，就知道它的存在了，并且知道为什么修这条隧道。

罗伯特转身往家里走，中途停下来，冲草坪对面站在门廊上的人笑。伊莲靠在椅子上，躲进阴影里，她能看到罗伯特的脸，从他的眼中，她便知道门廊上的人是艾德琳。艾德是罗伯特父亲家里之前的奴隶，比罗伯特小3岁，比伊莲大18岁。艾德，是负责烹饪和洗衣的女佣，也是罗伯特儿时的朋友。伊莲看到艾德从门廊下走出来，腰背直挺，裙角拂过草叶，她不急不缓地走着，小心而坚定。她在距离罗伯特几英尺的地方停下来。伊莲看到艾德微微抬起头说着什么，又看到罗伯特转头望向二楼的窗户。他那茫然的双眼扫过斑驳的窗户。她把心思收回到信上又埋头写信。**晴好的天气，明媚**

的日出，开心的孩子，美好的日子，以及对家人深深的思念。

罗伯特过了一会儿回到房间，来到自己书桌前，背对着伊莲打开抽屉。

他已检查过楼下，伊莲这么想着。她看着他的背影。"你看到我的眼镜了吗？"罗伯特头也不回地问，也许在用肩膀和脖子感受着她的表情。

伊莲希望在此刻感受到满足，甚至是胜利，但她只感受到了失望。

"没有。"她低声说道。

罗伯特关上抽屉，直起身来。她看到他犹豫了一下，扭过头扫视着墙上的架子。然后，他拄着拐杖向门口走去。

"罗伯特。"伊莲小声叫道。她从裙子的腰带上取下一把长长的铁钥匙，拿到他眼前。钥匙的一端，是两只手托起一颗心的模型。

他站在那里看着钥匙，再看看她，她觉得她看到了释然，便眨了眨眼睛想看清楚些。"你为什么要建这座房子，罗伯特？为什么要把我们带到这儿来？"

"为了我们大家，"他平淡地说。她看到他沉下肩膀，抬起头来。"你是知道的。"

"不对。我知道为什么。"

罗伯特眨了眨眼。

"我知道花园房里发生了什么事。"

罗伯特看着她。过了好一会儿,他说:"那里发生了什么,亲爱的?"双眼毫无表情。

"我想让她离开这个地方,永远不回来。"她把钥匙放在桌子上,折好信纸,视他为空气。

"你以为发生什么事了?"罗伯特说。她知道,他此时感到自己受到了侮辱,他被激怒了。

伊莲把信放在信封里,回头望着罗伯特。

"你出门不在的时候,我知道你们两个去哪儿了。"她说,"我知道你上一秒还在这儿,下一秒突然又不见了,屋里屋外都找不到。我一直都知道,现在我更加确定了。我希望她离开这里。"

"艾德一直是这个家的一分子——"

"她不是这个家的一分子。"伊莲转身面向桌子,封上了信封。她蘸了蘸墨水,在奶白色的纸上写下母亲的地址。

"你还想告诉我你看见了什么吗?"罗伯特问。

"我什么也没看见。"她放下笔,抬起头来看着他。

他向前迈了一步,手杖用力地敲了一下地板。

他应该以为我只找到了钥匙,她想。他的目光中出现了另一种释然,带着恐惧与绝望。

"那你怎么能指责我——"

"雷吉纳看到你们俩在花园房里。"伊莲站了起来,从桌上拿起钥匙。

"雷吉纳……"罗伯特的视线从伊莲身上移开,望向她曾望着他的那扇窗。"她看到了什么？"现在他的声音低沉，脸色苍白。

"她看到什么，就说了什么。"伊莲看着他的眼睛，"她还是个小女孩，罗伯特。她不明白爸爸为什么在花园房里抱着艾德小姐。她问我你为什么要在那么脏乱的地方做这种事。"

罗伯特紧闭双眼。

"我告诉她，爸爸爱他的家人，就这些。"伊莲说，"但她总会长大的。你应该庆幸，目睹这一切的不是乔纳森——他已经8岁了，知道的比你想象的多。这个家里，所有人知道的都比你想象的多。"她拉起罗伯特的手，把钥匙放在他的手心里。"给你两个星期，罗伯特。她不能和我们一起回城里。"伊莲离开房间，关上门，下了楼。

Part 2

6. 老朋友

　　玛丽把家里的轿车开到了屋外的车道上。斯图尔特夫人坐在副驾驶座位上,望着河边。孩子们坐在后面,迈克尔前倾着身子,双手合十;艾米丽透过右侧车窗望着外面的树木。一家人做完礼拜正在回家的路上。

　　"虚荣的虚荣,一切都是虚空。"牧师阿特金斯忏悔着,"他的日子总是忧愁,劳苦悲伤;是啊,他的心在夜晚也不能休息。这就是虚荣。"

　　"看那里,"车子驶上车道时,玛丽说道,"来了一个客人。"唐纳德·斯图尔特参战之后的七年来,很少有人不打招呼就来到拉文伍德。庄园进入了一种永恒的平静,就连唐纳德最后一次走出前门时也是如此。

　　几年来,邻居慢慢增多了,但这里越发僻静。19世纪,伊莲·沃德曾举办过盛大的宴会,客人们乘着马车一路扬尘来到拉文伍德宅邸。她会邀请方圆几英里之内的人们,尽心招待大家,当罗伯特喝醉了,开始胡搅蛮缠,她就让他去做些别的事。罗伯特也曾和伊莲的儿子乔纳森努力维护伊莲的劳动成果，让这个家成为邻里的骄傲。但几十年过去了，这里的辉煌已渐渐消逝。内奥米·斯图尔特遣散了一些工作人员，住在房子的后面，仿佛入口的大厅和房间前面的门面是中空的盔甲。

斯图尔特夫人摸了摸自己的脸颊，说："斯坦·洛维瑞。"语气平淡得好像想起了烧开的水壶似的。艾米丽和迈克尔抬头看着房子，看到一个个头很高、瘦弱的男人，站在门廊上，向着车子来的方向望着。艾米丽感觉这个站在台阶顶上的男子带着无所畏惧、轻松自如的气场。那人穿着一件轻便的运动夹克。他的视线落在车上。

斯图尔特夫人从车中走下来，与那个陌生人拥抱。艾米丽在后视镜里看到玛丽的表情。玛丽也看到了艾米丽，便对着镜子说："孩子们，有客人了，请努力一下让这位绅士相信，我们是有礼貌的人。"

他们的母亲对那个陌生人说："多少年不见了！"艾米丽和迈克尔都看得出来，她很高兴见到客人，但她讲话有些紧张，夹杂了太多笑声。

"12年了。"那个陌生人带着两兄妹不甚熟悉的口音说。

要是他们再大一点，就能判断出那是欧洲人的口音。

母亲说："12年啊。"

"你一点也没变，内奥米。"那男子说。

"你可真会说话！"她说着，转头看着兄妹俩，"艾米丽、迈克尔，这是洛维瑞先生，和你父亲是同学。"

"你好，"迈克尔说，"医学院的同学？"

洛维瑞先生走上前去，伸出手来，迈克尔尴尬地和他握了握手。"你好，迈克尔。不是医学院，是普林斯顿大学的同学。"

那所大学的祷文仿佛在艾米丽和迈克尔的耳边响起。在普林斯顿，父亲经历了很多有趣的事，至少母亲给他们讲过的故事都发生在这里。艾米丽想，父亲没有告诉母亲的故事，说不定更加精彩，那里有失亦有得。

"你好。"艾米丽说。

洛维瑞先生再次伸出他那有力的黑手。以前从没有人主动和她握手，不过偶尔会有礼貌的男客人亲吻她的手背。她伸出手去，洛维瑞先生轻轻地握了握。"你好，艾米丽。"他说，"你们两个长大了点。上次见你们，你们还不到1岁，在门廊上满地爬呢。看看现在，长成姑娘和小伙子了。看来我真的走了太久。"

洛维瑞先生转向斯图尔特夫人："对不起，我没有赶上葬礼。过了几个月我才听说这件事。"

"没关系，斯坦。"她说。她垂下眼帘，又抬起头来："要不要喝一杯？"

"那再好不过了。"

艾米丽和迈克尔跟随洛维瑞和母亲走上台阶，穿过前门。他们听洛维瑞先生操着奇怪的口音告诉他们，他离开巴黎去了伦敦，又离开伦敦去了约翰内斯堡，最后从约翰内斯堡到达美国。"用了很多天。"他说。

兄妹俩、斯图尔特夫人和洛维瑞先生坐在阳台的桌子前,一边聊天一边吃饭。

玛丽坚持让斯图尔特夫人、双胞胎和客人坐在一起。她从厨房拿了一罐柠檬水,给大家每人倒了一杯,然后退了出去。玛丽称赞洛维瑞先生状态很好,还祝他一切顺利。她一如既往地亲切,但兄妹俩知道她很紧张。

洛维瑞先生似乎没有注意到这一点,只是投去一个温柔的眼神:"谢谢你,帕特森女士。很高兴再次见到你。"

兄妹俩从没听到有人用其他称呼问候玛丽,他俩看了彼此一眼。

"玛丽,和我们一起坐着吧。"斯图尔特夫人说。

"不,谢谢,"玛丽说,"我还有事要做。"

"现在是周日一大早,"斯图尔特夫人说,"有什么事要做?"

"没关系,"洛维瑞先生说,"大家不需要迁就我的。"

玛丽进了厨房,上了楼梯后,斯图尔特夫人便坐下来,听洛维瑞先生说话,欣然地看着他和兄妹俩,插几句毫无用处的话。她似乎已经摆脱了艾米丽在外面注意到的紧张情绪。洛维瑞先生也更加放松了——刚才在门廊里,艾米丽并没有看出他紧张,但他在餐桌前的状态透露出走下车道后的局促。洛维瑞先生在斯图尔特夫人关切的注视下显得慌张不安。斯图尔特夫人从孩子们的爱好和学习,聊到家人和亲戚。

洛维瑞先生讲起了旅途中的见闻,迈克尔一反沉默的常态,问洛维瑞先生,他去了哪里,做了什么。洛维瑞先生曾翻山越岭,也曾途经沙漠、航行于冰川之中。他见过草原的日落,挨过林中的大雨。对艾米丽来说,洛维瑞先生的生活是那样光辉闪耀。而他恰恰是父亲的老朋友。

"他在学校是什么样的?"艾米丽问道。

洛维瑞先生没说话,看了看斯图尔特夫人,见她点了点头,便继续说下去:

"他是我在学校里认识的最聪明的人——也是我这辈子见过的最聪明、最善良的人。在学校里,他比我更优秀,不仅仅是因为聪明,而且很有理想。同学中胸无大志的不在少数,我们的未来已经确定了。"

洛维瑞先生看看艾米丽,又望着远处出神:"你的父亲却不是那样,他一直在学习。他看着你,好像能看穿你,却显不出一点盛气凌人的态度。他看着我,就知道我的心思,却仍然喜欢我。"他喝了一口酒,摇了摇头,"对大多数人来说,他可能是个无聊的人,太实在。在学校的时候,一到社交场合,他就很不自在。他说,这个世界是个剧团,有人戴着喜剧的面具,有人戴着悲剧的面具。如果你不从中选择一个,就会遭到人们的怨恨。一方面是因为,他受到的教育和我们的不一样。我羡慕他的淡然,甚至可以说是惊叹。"

艾米丽的脑海中出现了父亲的身影,言行都是那样的自如,有着强大的控制力。听到洛维瑞先生的描述,她在心中激动地描绘着父亲唐纳德·斯图尔特的伟大形象。

"我刚刚认识你们父亲的时候，一次晚宴上，我正在和一个叫埃德加还是爱德华的年轻人争论，我觉得人们做任何事，即使是善行，也是为了满足自己的内心。他一直对自己家里的慈善捐款夸赞不已，我就告诉他，他之所以喜欢给饥饿的孩子们送去一碗碗热粥，是因为能得到他人的感恩。因为饥饿的孩子如此感恩，就像那样。他和像他一样的人，做这类事情，就是为了在乡村俱乐部里有更多谈资罢了。我不太喜欢埃德加还是爱德华，我之前说过吗？我和他不熟，但我知道他不是我欣赏的那类人。"

斯图尔特夫人笑着摇了摇头。

"所以我告诉他，世界上没有什么'善行'，人们只是梦想成为英雄和圣人。你的父亲站在一旁听到了这段谈话。在埃德加还是爱德华气冲冲地离开后，你们的父亲一边笑着，一边对我说：'你不是这么想的。'但是我坚持说，这就是我的想法。'不，不是的，'他说，'你只是希望能这样想。'然后他把喝光的玻璃杯放在一张桌子上。"

"他总是那样做，真让人生气，"斯图尔特夫人轻轻地说，"抛出一句话，然后像没事一样走开了。"

斯图尔特夫人和洛维瑞先生一起笑了起来。

艾米丽说："你呢？你是这样想的吗？"

"我只知道那个家伙脸红了。"洛维瑞先生说。他看着艾米丽，好像和她达成了共识一般，好像他们是多年的老友。艾米丽觉得自己脸上生出一股热意,便眨眨眼睛,转过头望着窗外的河水。

"我净讲些无聊的话。"洛维瑞先生说,"不过我又想起上学时和你们父亲一起度过的旅行。今天开车来的路上,我就想起来了,一直忘不了。倒不是什么大事,但我一直忘不掉。"

洛维瑞先生看了看大家,以确定他们有兴趣继续听。

"我们在普林斯顿参加了各种各样的派对,我拉着你们父亲去了很多地方。对我来说,和他在一起,我很放松、愉快。在那里有很多人会听到你们父亲的名字,有的或许已经知道了,但他们只会逢场作戏。那里有很多女孩——没有你妈妈那么漂亮,但也不错。"

斯图尔特夫人眯起眼睛看了他一眼,洛维瑞先生装作没注意。

"我经常给你们父亲介绍这些女孩,但是他都不喜欢。任何认识他的人都知道骗不过他。所以,那些心存侥幸的人不喜欢他,不过那也无所谓。"

艾米丽在迈克尔眼中看到了一丝自豪的神情。艾米丽知道,对于一个认为操纵和欺骗都是游戏的男孩来说,迈克尔厌恶那些为了形式而表演的人。

"无论如何,我总是给他介绍这些派对上的女孩,后来他找到了一个喜欢的人。她五官端正,但并不鹤立鸡群。她很有气质,但也不是大家闺秀。她很风趣。我记得她应该叫乔安娜。她家是新英格兰人,住在波士顿北边,她到这里是来探亲的。我是通过朋友介绍认识她的,和我认识其他人一样。暑假刚刚开始,她来参加派对,把你们父亲迷得神魂颠倒。"

兄妹俩看着母亲，她脸上带着浅浅的笑。洛维瑞先生用尽各种手势和词语，尽量避免言行上的冒犯。

"你们母亲不会介意的。"洛维瑞先生告诉艾米丽和迈克尔，好像斯图尔特夫人听不见似的，"这只是一个小男生的迷恋罢了。那个时候你们父亲还不知道什么是爱呢。"

"继续说，斯坦，"她喝了一口酒说，"不知道这两个孩子还能安分多久。"

"好的，好的。他在一次派对上遇到乔安娜，和她聊了很久，把我拉到一边告诉我，他内心感到莫大的震惊。'你知道该怎么选择，对吗？'我说，"她的家在马萨诸塞州，明天就回去了。你没问她从哪里来吗？

"他说：'我们不过是一直在闲聊，斯坦……我刚刚知道她的名字，就发现她那么迷人。'"

"你们的父亲不喜欢闲聊。"斯图尔特夫人告诉两兄妹，"他说闲聊是空洞的。"

"他有时候很固执，"洛维瑞先生说，"但人很风趣。你们两个还有印象吧？"

兄妹俩点了点头。

"他既然喜欢上了这个女孩，我就得做点什么才行。我准备在聚会结束前找她商量下次碰面的时间，但她已经走了。你看，她没有像其他人一样找到我，道晚安。这就是你们父亲喜欢她的原因。"

"洛维瑞先生是说他是那里最富有的人，孩子们。"斯图尔特夫人用洛维瑞先生那样天真的口吻说。

"内奥米!"他尴尬地说,"我不是那个意思,再说,有钱的是我父亲——"

"一个意思,你说得对。你可能是那个房间里最富有的,唐纳德大概是为数不多的一个真正了解你的人。当然,还有那个五官端正但不惊艳的小姐。"

"对,还有她。"他将目光转向兄妹俩,"你妈妈从未表达过对我的喜欢。真让人烦心。我说到哪儿了……哦,对了,乔安娜。她走后,你们父亲和我熬到很晚,喝了很多酒,我叫他跟我一起去看乔安娜。要是我们几天内出发,就能在她家里见到她。我那个认识她的朋友,也非常喜欢她,但他可能有点太沉闷,无法像你父亲那样欣赏她的气质——而且他似乎很了解她的行程。他的名字叫查尔斯,我们叫他查理。我说过他是我的朋友吗?我应该承认我不太喜欢查理。于是我说服了你们的父亲跟着我踏上这次旅行,我把一切安排妥当。两天后,我们坐着火车去了纽约,又换乘到波士顿。在去波士顿的火车上,我们见到了另一个女孩。"

洛维瑞先生面向艾米丽:"这部分很精彩。"他看了迈克尔一眼,"其余的都是空谈。"

艾米丽和迈克尔笑了起来,看着他们的母亲,她带着一副无所畏惧的表情。

艾米丽感叹洛维瑞先生竟能让发生在两兄妹出生多年前的故事,栩栩如生地展现在他们面前,而不是呆板地讲述、聆听。他们俩坐上了时光机飞到过去,一起笑着,母亲也忍不住笑起来。

"离开纽约不久,我们就去餐车里喝咖啡、吃东西。后来,我们天天以咖啡度日。我们点餐后不久,一个蓝眼睛的棕发女孩进来了,在旁边的桌前坐下。她径直走到桌前,好像不愿引人注意,好像得坐在桌子底下才舒服。她消失在我的视线里,而你父亲瞥了她一眼。当服务生过去时,她用蹩脚的英语说了声你好,听上去像个德国人。她点了汤。服务生应该知道她的意思,可还一直追问。那年,还没有战争,但有些人就是不喜欢外国人。我正要说点什么,因为我知道她想点汤——因为她很漂亮,又害羞。但在我说话之前,你父亲突然转过身去开始和她讲德语。我想,德国人对此是不会感到太惊喜的,但在我眼里,他就像恺撒一样高大。"

"你们父亲的外祖父母是德国移民,在家里从不说英语,他小时候和他们住了很久。"斯图尔特夫人说,不过兄妹俩以前就听说过了。

"对——他走过去问这个害羞的德国女孩,她想吃什么。她脸上的感激和欣慰驱散了应付陌生人的恐惧。你们的父亲虽然很固执,但是对人很温和。"

迈克尔眼中闪烁着骄傲的光芒。

"服务生站在那里,目光呆滞,你们的父亲告诉他,她想要汤和水。我在你父亲对我、对服务生和女孩说的话中断断续续地猜出了大意。汤是蔬菜汤,你父亲问她还需不需要别的。我以为她还没吃饱,结果她又脸红了。我从来没有见过这么容易脸红的人。不知怎的，你们父亲从她口中得知，她没带够钱。还没等告诉我，他就把女孩子带到我们这桌来了。她一直在说'Nein，nein，nein'①，脸都红了，任何人都能看出她的窘迫。你父亲和她说了几句话，然后叫来服务生，点了一份正餐。鸡肉和酱汁土豆，以及一份蔬菜，还点了一份冰激凌。一边等餐，他一边把女孩子介绍我。她叫苏珊娜。他和她说了几句话，便告诉我：'苏珊娜要去修女院，离这里不远。''很好，'我说，'修女院，你知道该怎么选择。'他把我介绍给女孩，她瞪大眼睛看着我，礼貌地点点头。你们父亲说话时一直保持着温和的语气，对她是，对我也一样。饭还没来，我见她双手开始颤抖，脸色苍白。我想她一定饿坏了，便叫来服务员询问，她突然抓住你们父亲的手，低声说着什么，瞬间泪如雨下。我坐在那里，像个傻子一样举着手，看着她对你们父亲讲话。服务生愣在旁边，目不转睛地看着我们，于是我告诉他没事。你们的父亲一直和她轻声说话，就像是她的父亲一样，可我觉得他们只差五岁而已。他让我留在那儿，他自己把她搭在肩上，往车厢走。途中，他叫人帮忙把食物送到我们的车厢。他说他的妻子不舒服，需要静养。然后他回到桌边坐了下来。他向我叹了口气，用手摸了摸头发。"

艾米丽脑海中出现了父亲一边出神、一边捋头发的画面，背后是柔和的晨光。

---

① 德语"不，不，不"。——编者注

"'你的妻子?'我说,'你上手真快。'"

"'我故意这样说的。她非常尴尬。'他告诉我。"

"'他们非常清楚她不是你的妻子。他们看到她是一个人来的。'我说。"

"'我知道。但她很害怕。她的家人把她送上这趟车,让她去纽约,又没给她钱,她很困窘。'"

"为什么?"迈克尔问道,"独自一人怎么可怕?"

洛维瑞先生看着斯图尔特夫人。"哦,继续吧,斯坦,"她说,"他们不是三岁小孩儿了。"

洛维瑞先生叹了口气。"她告诉你们父亲,她怀孕了,"他说,"她的家人给她打包了行李,把她送到了这所修道院。所有人都知道她怀孕了,他们看她一眼,就心领神会。她又饿又难受,担惊受怕。于是你们父亲扶她躺在我们的车厢,我们在餐厅坐了几个小时,好让她安安稳稳地睡一会儿。等我们回去时,你们父亲说要看看她的情况,然后到她的位置上休息,但是她已经走了。食盘也带走了。她留下一张纸条,用德语写着对你们父亲的感谢。他把纸条折起来放进包里。就这样,我们再也没见过她。不知道那女孩现在在哪儿,过得如何了。"

斯图尔特夫人探着身子说:"他是个好人。"

"是的,他很善良。我一直这么夸他。"

"漂亮小姐呢?"斯图尔特夫人说,好像她已经知道了结局,只是替孩子们问问一句,"你后来见过她吗?"

"哦，她啊，没见过。那个该死的查理猜错了她的行程。她大概是想把他甩掉。我们去过她的家，就在马萨诸塞州的康科德附近，可是只有家人在。不过她的父母倒是很乐意接待客人。"

"应该也很高兴见到格雷厄姆·洛维瑞的儿子。"斯图尔特夫人说。

"她的父亲很快把我们请进了客厅。家里突然成了一个男子俱乐部——我猜，漂亮小姐不是他唯一的女儿——之后，他开了一瓶白兰地酒，点了几根雪茄。所以我们坐下来跟他聊天，最后留下来过夜。我都不记得最后是几点才睡觉了。天哪，他可真能说啊。他最大的遗憾好像是出生得太晚，不能参加内战。第二天早上，你们的父亲醒来，想去康科德看看名人作家的坟墓。他最喜欢拉我去干这种事了。他想看看霍桑的坟墓，所以我到现在还忘不了，我们驾着主人的马车，站在康科德公墓的情景。那里美极了，世界上不会有更美的清晨——灰色的天空，太阳刚刚从云层之后显露，大风呼啸着，吹动云彩，忽明忽暗。霍桑的坟墓就在我们面前，任凭经年累月的风吹雨打。'他在这儿，'你们的父亲说，'就这么一小块墓碑。'"

洛维瑞先生的思绪跟着陈年往事飞走了，他的视线从桌上移开，直到发现其他三人都注视着他，才回过神来。他自嘲地笑了笑："这样一个伟大的人，却只有那么小的一块墓碑，实在是谦逊。你们应该看看爱默生的墓碑。好了，我说了一堆没用的话，谢谢你们了。"

兄妹俩坐在那儿，不知道该说什么。他刚刚将他们带入自己的故事中,却用一个手势,把他们带回了现实。于是房里的气氛便凝固了。

"要不要去晒晒太阳,孩子们?"斯图尔特夫人说,"我和洛维瑞先生叙叙旧。"

艾米丽起身说,很开心见到洛维瑞先生。迈克尔留在桌前,看着洛维瑞先生。最后,他站起来跟在艾米丽身后,临走前说了一句很高兴见到洛维瑞先生。他的动作像是梦游一般,可见是被洛维瑞先生的话迷住了。

艾米丽觉得他的沉默很反常,好像只相信听到的故事,不相信讲故事的人。

"我们几点吃晚饭?"迈克尔问母亲。

"还是老规矩。咱们家什么也不变。洛维瑞先生有空的话也和我们一起吃。"

洛维瑞先生爽快地答应了。

艾米丽走到门廊,迈克尔跟着她,又走到车道上,往他常去的河边那棵树下走去。他们从教堂回到家后,风一直吹,树梢随风摇摆。枝叶的影子投在草地上,投在车道上,艾米丽觉得多年前,这里就是一块墓地,如今,脚下还踩着一块块古老的石头。

7. 惊人的艾米丽

雷吉纳·沃德的照片，摄于她去世前的四个月：一张瘦削的脸，大而明亮的眼睛，微微弯曲的鼻子，小小的嘴巴，长长的脖子上戴着项圈。一个美丽的孩子，消失在泛黄的照片中。她那乌黑的卷发散落在肩上。她穿着一件花边衬衫。眼神锐利、深邃，注视着四十二年后的艾米丽，像个诗人或年轻的女王，而不是一个死去的女孩。

艾米丽在阁楼里寻找游戏道具时，发现了这张照片。上次和阿尔伯特·邓恩见面之后，兄妹俩决定改进他们的表演。一个雾霭蒙蒙的夏日午后，他们发明了这个新游戏，好像能呼风唤雨，控制光与电。迈克尔坚信，这个表演能赢得更多的关注。

艾米丽无法忘记阿尔伯特·邓恩相信雷吉纳存在时，脸上的表情。以前，艾米丽在阿尔伯特眼中只是迈克尔的妹妹——突然之间，他简直不敢相信可以和她同处一室。虽然艾米丽并不关心阿尔伯特的反应，但看到自己在他的心中变成了平日里接触不到的、想象不出的人，艾米丽便激动万分。

阁楼里杂物堆积，日用品、储藏品等，是探险的好地方。房子里的另一个存放东西的地方——地下室——放着旧家具、画作，盖着白布。地下室按照罗伯特·沃德的要求装修成酒吧风格，放着黑木板和架子，以及四把长椅，每面墙边放一把，好像正在这巴伐利亚式的酒窖中举行庆祝仪式。每个长凳上雕刻着葡萄藤和花鸟。屋子的正中间是老鼠和蜘蛛的游乐场。

当他们整理出几个尘土飞扬的盒子后，迈克尔问道："你还记得贝基姑妈生日派对上的那个魔术师吗？"他思考着名字。

"惊人的安托因。"

"对，对！"迈克尔说，"他有一个黑色的大箱子，上面用金色和红色的字母写着他的名字。"

"还有一件紫色衬里的斗篷。"

贝基姑妈的43岁生日派对，是四年前的事了。贝基姑妈并不是亲戚，而是住在巴尔的摩的老朋友，喜欢收集中国花瓶。惊人的安托因，一个有着灰色胡子、说着法式英语的大个子，大步流星地走到客厅舞台中央，优雅地向客人们鞠了一躬。他被斗篷绊了一下，嘴里咕哝了两句。然后，因为找不到帽子里的兔子，他大发雷霆，结果兔子跳上了舞台，跑到魔术师的左边。当魔术师看到那只兔子，便坐在舞台上，捧着一张红手帕哭了起来。人群的笑声几乎淹没了他擤鼻涕的声音。客人们笑得上气不接下气，这时，魔术师从空中摘下一张张纸牌，露出惊讶的神情。随后，他请出了一位漂亮的红发女助手，把她放在一个长长的盒子里，把盒子锯成两半，助手却朝着观众微笑，还时不时地扭扭双脚。房间里响起一阵喝彩。她大方地感谢众人的捧场，然后叫魔术师帮她恢复原样。只见魔术师慌乱地打开笔记本，寻找解决办法，而助手则一边苦笑一边呜咽，双脚离开身体——气愤地乱踢。

"还有，"迈克尔说，"你还记得他们的掌声和口哨声吗？他们喜欢那场表演。"

"你想要一只兔子吗，迈克尔？"艾米丽问道。

"我宁愿要红头发的助手，谢谢。"迈克尔说。

"但她没法躲进茶房。连妈妈也会注意到的。"

"我也觉得。抱歉。"

"不过，兔子就容易多了。"

迈克尔找到一箱帽子、围巾和背心。然后他打开了一个衣柜，发现几件旧外套下面有几箱父亲的书和文件。艾米丽看着迈克尔蹲下来，把箱子推到一边，四处巡视。大衣围在他的头顶上，摇摇欲坠。

艾米丽想象着衣服呼啦啦砸下来的声音和扣子洒满地板的声音。迈克尔把一排大衣推到一边，在箱子范围之外搜寻着。这时，那排衣服后面露出一个沉重的白色衣袋。袋中露出一个被绿色桂冠包围的金色五角星。艾米丽松了一口气。她不需要靠近就知道，那是一个缀着一只雄鹰的旗帜，星星代表着蓝星领域。她几年前见过这颗星。一名穿着整齐制服的士兵将这颗星和旗帜带到了拉文伍德。以前，她的母亲曾多次对他们说过，他们的父亲因为抢救伤员而牺牲,他离开掩体,挽救了三名男子的生命,从他们的身上拔出一块块弹片,为他们止血,等他找到第四个人时,一枚炮弹在他们头顶爆炸了。

迈克尔抬起头来,发现了父亲的制服,有一股尘土和樟脑丸的气味。

兄妹俩的母亲不同意将他们的父亲葬在法国战场。她坚持要把他带回家,穿着他在结婚那天穿的燕尾服下葬。

迈克尔把纸箱子推回原位,把被推到一边的大衣拉到衣柜的中央,然后关上了柜门。他看着艾米丽。她转过身,去房间的另一边找东西了。

一个盖满灰尘的老式煤气灯下的柜子里,借着小窗外射进来的光线,艾米丽发现一摞相册:用软皮革绑着,有几处裂纹,松了线,差点散开。她在柜前的地板上坐下来,翻看着相册。绝大部分照片是19世纪拍摄的。照片泛黄老旧,倒有点中世纪的感觉。这本相册里有很多她母亲小时候的照片。一张全家福中,乔纳森和格温多林·沃德——艾米丽的外祖父母,端庄得体地站在他们的三个孩子中间。艾米丽的母亲,两三岁,圆圆的脸蛋,表情庄严,穿着层层叠叠的裙子。艾米丽的舅舅迈克尔和麦克泰尔,穿着西装,颇不自然,好像唱诗班里忍俊不禁的小男孩。乔纳森和格温多林站在那里,像蜡像一般。拍照片的时候,这些人中谁也没见过汽车。飞机更是只存在于艾米丽和哥哥看过的小说里。

艾米丽翻着相册,发现有些地方的照片被拿走了。她用手指摩挚着空白处，眼神恍惚。

她双手捧起相册，蹲下来，把它们放回柜子里，这时，柜子后面有个东西弹了出来，顺着底座滑了下来。艾米丽把相册拿出来，伸进手去，拿出一张照片，仔细辨认，才看出那是雷吉纳·沃德。那双漆黑的眼睛摄人心魄。她把照片拿到光下。时间仿佛在那一刻静止了——一个美丽的女孩，去世多年了。

"迈克尔！"她叫道。

房里翻箱倒柜的声音停止了。迈克尔的声音从一堆旧物中传来，"怎么了？"

"过来看看。"

迈克尔带着几个孩子从车道上走来。"艾米丽在茶房里等着我们呢。"他告诉大家，"她准备了一整天，所以不能再耽搁了。"他带了三个女孩儿、两个男孩儿，其中就有阿尔伯特·邓恩。艾米丽和迈克尔在一番长谈后慎重地选择了他们。另一个男孩儿叫埃德·欧克利，脸上长着雀斑，一双小眼睛里充满担忧，生怕别人知道什么事，不告诉他。三个女孩儿是辛迪·罗丝、奥利维亚·贝尔和凯瑟琳·波默罗伊。辛迪一边走，一边甩起棕色的长发，她觉得任何事都是勇气的挑战，同学们认为圣诞老人死了，因为这样就能和大人们持有相同的观点，但她相信圣诞老人的存在。

奥利维亚瘦弱文静，对未来有一丝担心。她很少挑起话题，总是饶有兴致地听别人说话，睁大好奇的双眼。凯瑟琳跟着大家，随时准备着向前冲刺,看着迈克尔带领大家,她的眼睛闪闪发光。迈克尔认为凯瑟琳是自信的象征,艾米丽也知道。凯瑟琳经常提出质疑。她嘲笑迈克尔的次数比男孩子还多,似乎铆足了劲要抓到他措手不及的样子。

"好了,"迈克尔说,"现在,她应该有个伴了。"他一字一顿地说。

艾米丽坐在桌前,背靠墙,双手交叉在胸前,她平静地看着大家。她穿着淡黄色的裙子,一头黑发遮住了耳朵。她头顶上挂着雷吉纳·沃德的照片,里面那个人的双眼望着外面的五个人。艾米丽对凯瑟琳到达茶房时发出的笑声无动于衷,就像此刻雷吉纳的表情一样。

"那是谁?"辛迪问。

"雷吉纳。"迈克尔说。他走到桌边的椅子前——两兄妹从家里被遗忘的角落中拿来了几把椅子:"请坐。"

艾米丽闭上了眼睛,低下了头。

"如果这是你第一次来,"迈克尔说,"我希望你会有耐心。用意念发声不是一门科学。"

艾米丽按照第一次在阿尔伯特身上的实验,给这个游戏起了名字。来自另一世界的意念发声让她打了个寒战,又露出浅笑。曾经,她想起死去的父亲门也没敲便走进她的房间,她害怕得躲在被子里哭个不停,最后她终于明白这只是个愚蠢的游戏,两件事毫无关联。每想到此,她就走到浴室里,用冷水洗把脸,闭上眼睛站在那儿,发出敲击的声音,那声响在瓷砖之间来回荡漾,她把自己困在一个感官的深井中,在那里,她不再是个小女孩。

"阿尔伯特,"迈克尔说,"可以开始了吗?"

阿尔伯特清了清嗓子:"好吧。"

大家看着阿尔伯特,迈克尔又看了看大家。

阿尔伯特说:"你来了吗,雷吉纳?"

孩子们屏住呼吸。

两兄妹不允许阿尔伯特胡说八道。再多的计谋和阁楼里的物品也不能阻挠阿尔伯特诚挚的期待。

桌上响起一下敲击声,然后又响了一声。孩子们一动不动。

"两下代表'是'。"阿尔伯特脸色苍白地说。

迈克尔握着双手等待着。"奥利维亚?"他说。

奥利维亚向艾米丽眨了眨眼,深吸一口气。

凯瑟琳把椅子推回去。

奥利维亚看着凯瑟琳,当大家等着她发问的时候,凯瑟琳转过头看着艾米丽。"你在天堂吗?"她问。

凯瑟琳低下头看着桌子下面。

两声敲击声,中间停顿了一下,又响了一声。

凯瑟琳坐了起来,目光停留在艾米丽身上。

"是,也不是?"埃德问道。

"是,也不是。"迈克尔重复道,"她在这里,也不在这里。她在天堂,也在这里。轮到埃德了。"

埃德低下头："我的狗阿尔奇在天堂吗？"

一个敲击声悬在空中。停顿片刻后，响起第二声。埃德刚刚露出喜悦的神情，顿时又愁眉不展。

"轮到凯瑟琳了。"迈克尔说。

凯瑟琳一直在桌子对面看着迈克尔，还从桌子下面偷瞥了一眼。此刻她和迈克尔四目相对，然后望着艾米丽："你见过上帝吗，雷吉纳？"

桌子周围很安静。然后响起两下敲击声——清楚，清脆，连贯。

凯瑟琳转向迈克尔："你的问题是什么？"

"好的。"迈克尔说。他看着他的妹妹："地狱存在吗，雷吉纳？"

孩子们静静地坐在那里，竖起耳朵听着。

艾米丽淡漠地看着哥哥。

"没有答案，"迈克尔说，"有时她不作答。好了，我们再来一轮。要不你问问她有没有魔鬼，阿尔伯特？"

阿尔伯特往后一缩，脸部抽搐了一下，要不是因为大家都看着艾米丽，准会被他逗乐。艾米丽对这小屋里消失的回音毫无反应，好像一桶静放许久的水无动于衷。

8. 幻想

头一回在众人面前表演过后,"用意念发声"这个词开始在费城郊区的大街小巷中流传,从拉文伍德门前的河流,传到附近的火车站。孩子们饶有兴致地讨论着,就算拿它开玩笑,满腹狐疑,仍然将其奉为魔法,他们成群结队地赶来,想看看和鬼魂同处一室会不会有变化。虽然艾米丽没对迈克尔说,她自己也没有承认,但她开始觉得不是任何一个人都可以这样做。

纵横交错的走廊上,一扇扇门后藏着从未住人的房间,里面的床和椅子上盖着白布。走廊尽头是拉文伍德的书房。

推开书房的双开门,只见屋子中央放着一张长桌,繁复的桌腿上刻着龙爪。桌子上摆着一个海神青铜雕塑,高1.5英尺,刻着胡须、海螺和三叉戟,是唐纳德·斯图尔特在那不勒斯时,从一位眼睛几近失明的地主那里得来的。两面墙边立着9英尺高的书架,上面摆满了各种书籍。其间放着几个雕塑:一个穿着盔甲、戴着一顶凤头盾的骑士,一座托马斯·杰斐逊的铜像,夹在《哈克贝利·费恩历险记》和索福克勒斯戏剧之间;身穿长袍的印度教神毗湿奴瓷像，他的皮肤几乎是半透明的蓝色，四条手臂从身体中伸展开来，手里拿着一个铁饼、一个海螺壳（和海神一样）、一朵梅花和一朵莲花。这最后一件器物是艾米丽父亲去世前几年买的，他当时被那紧闭的双眼闪耀的淡然的幸福所吸引了。"你知道他怎么说的吗？"艾米丽的母亲有一次指着雕像的脸庞说，"那就是内心的平静。"

自从洛维瑞来过之后，艾米丽的秘密基地——书房——变得有些陌生。书架上放着许多父亲的书，四周静静地立着各种小雕塑。现在，她和一位年轻时与父亲相熟的陌生人握过了手。洛维瑞的记忆鲜明而生动，而在他出现在家门口之前，她连他的名字都没听说过。洛维瑞先生带来了逝去岁月里的回忆，那些回忆属于拉文伍德之外的世界。

艾米丽拿出一本父亲心爱的书，《假想百科全书》。她一边翻阅书页，一边深深地呼吸。书中发霉的味道将她带到一条被遗忘的林中小路上。她看到一幅画，上面画着一只狮鹫，狮鹫瞪着凶恶的眼睛，张着爪子直立着，有着长长的尾巴，张开大大的翅膀。她经过几幅画前，有巨人、精灵、小妖精、地精和阿瓦隆的雾岛，亚瑟王的尸体就被一艘驳船带到了这座岛上。希腊女神珀尔塞福涅、生育女神、地下女神，站在一片光明的地方，被盛开的鲜花和熟透的果实包围，她赤脚站在巨大的、凹陷的虚幻境界边缘，那里与其说是个祸患之地，不如说是个遗忘之地。

她的视线停留在一幅画上，画中有一些小矮人在一个小小的洞穴里拖着一辆车,它们穿着奇装异服,带着毗湿奴神那平和的笑容。在插图旁边的文字中,艾米丽看到"gnome"(小矮人)一词。这个词来自希腊词gignosko,意思是"理解"。书里说,小矮人与宇宙保持着完美的和谐。她望着夜晚昏暗的光下,那些长着胡子的矮人穿过黑暗凉爽的大地。

艾米丽坐在茶房里的白色小桌旁。桌子已经从房间中间移到了一边,好让艾米丽的椅子置于墙角。雷吉纳的照片就挂在那面墙上。这次来了九个孩子——艾米丽迄今为止接到过的最大规模的观众——他们一字排开盘腿坐在地板上。"记住,"迈克尔说,"我们并不一定能召唤到雷吉纳,但是一般情况下可以找到她,艾米丽尝试得越多,就越容易。而且,很重要的一点是,我们需要你们祈祷艾米丽找到雷吉纳,需要你们集中精力去联想她。"迈克尔开场白的最后一句话成了意念发声的必备环节。

"如果每个人都能集中精力就好了。"

过了一会儿,艾米丽睁开了眼睛,示意大家准备开始了。临近黄昏,夕阳照着房屋与河边的小路。艾米丽低下了头,看着孩子们的脸,四个男孩和五个女孩。她认得阿尔伯特、凯瑟琳、埃德和奥利维亚,剩下的都是第一次来。在烛光下,他们的眼睛是那样神秘而深邃。

"我先来!"迈克尔说,"雷吉纳,你在这儿吗?"

艾米丽呼出一口气,看到大家都屏住了呼吸。

7月的第三个星期,艾米丽和迈克尔精心策划了12次意念发声的表演。如果在日落或更晚的时间进行表演,他们便只用雷吉纳的照片和蜡烛做道具。艾米丽通常穿白色衣服,她有很多白色的礼服和夏装。艾米丽迅速掌握了自己天赐的技能,操纵着敲击之间的间歇长短。她的节奏有所改善,不过与"雷吉纳"交流的方式非常简单,因此这并不会影响表演。迈克尔在编写串词和讲话方面非常谨慎,从来没有做过大的改变,但总是尽力使每个词语获得最大的威慑力。

他们的母亲问起艾米丽和迈克尔带孩子们到茶房的事。一次晚餐时,借着玛丽去厨房拿甜点的空档,她问两兄妹。

她说:"你们两个总是什么也不跟我说。现在你们都这么受欢迎了,我还以为你们做什么大买卖呢。"

"卖的是附近最好的价格。"艾米丽说。

"别担心,"迈克尔说,"就算他们突袭了这个地方,你也不会受到影响的。"

"记住,"斯图尔特夫人向刚回到桌上的玛丽眨了眨眼,"当他们破门而入的时候——"

迈克尔有一个笔记本,专记些让新的鬼魂拜访茶房的想法。他常到河边去,把笔记本放在腿上,凝视着河水,等待着鬼魂出现在他面前。迈克尔想象着特拉华州的两名联盟士兵为了一个女孩英勇决斗的事。两个士兵上过同一所学校(一起长大的,迈克尔补充道),在日出的时候掏出手枪,并没有遵循旧百科全书中所说的传统决斗规则,而是在同一时刻开枪,两颗子弹都射进了对方的心脏。迈克尔潦草地写下了那些语无伦次的想法，把笔记本拿给艾米丽，艾米丽看了，又添了几句细节来润色：女孩害怕两个士兵伤心，于是同意了他们的求婚，两名士兵后来在战斗中面临着巨大的危险时解救过彼此；最终女孩听说了决斗的事，跑来阻止，刚刚赶到就听到了枪响，看到两人倒在地上。

坐在河边，艾米丽想象着一个艺术家无药可救地爱上一个女人——一个富豪的妻子。迈克尔说道，不，是他的女儿——她根本不把年轻的艺术家（雕塑家，画家）放在眼里，甚至有点鄙视他。这个诗人在1838年春天里，一个灰暗的早晨绝望地走在费城的街上，来到了特拉华大街的码头，一头扎进了冰冷的水中。诗人也不挣扎，艾米丽补充道，他任凭河水将他吞没，他张开嘴，把胃里灌满水，沉入水底。

迈克尔在笔记本中写下，一名印度人因屠杀一名伟大的战士被美军杀死。

艾米丽想象一个名叫沃尔特斯的老人，他用生命中的最后几天寻找走失的狗——一条名叫帕尔的巴吉度狗——还未找到便去世了。到了夜晚，沃尔特斯先生沿着河岸一边走一边呼唤爱犬，在他去世后，灵魂也一直坚持了40年。

一名校长惩罚了几个男孩子，后来在那些孩子意外引发的火灾中去世。

一个农民被哥哥不小心开枪打死，被慌乱地埋在树林里。

一位下楼时摔破头骨的修女。

艾米丽建议，这些坠落而死的人物都应该死在特拉华河中或河流的附近，他们的魂魄在月亮升起时，被潮汐带到了茶房，以便为其清洗。

"也许鬼魂是为了雷吉纳才到这儿来的。"迈克尔沉思着。

"或者因为他们知道我们能和他们交流。"艾米丽说。她看着迈克尔边写边点头。"还能被我们纪念。"她说。

9. 羽蛇神②

艾米丽梦到了新泽西海岸,那是父亲老朋友的海滨别墅。她的梦境很清晰,就站在浴室镜前洗脸,看到阴影中的脸庞,差点忘了这是清晨。父母结婚后,每年都会来这栋别墅里住几周。看着镜中的自己,艾米丽仿佛看到自己坐在那栋房子的后门廊里,呼吸着海边的空气,感受着海风与海洋的广袤。她的父亲穿着宽松的睡裤和汗衫走到门廊的尽头,望着大海,深吸了一口气。

"艾米?"他没有回头,"你在干什么?"

"我刚醒来。"她说。她从椅子上站起来,想在他开口之前回到床上。

"等一下,"他说,"反正你也起来了,我们一起看看日出吧。"

他们一起走在沙滩上,凉爽的沙子在脚趾间摩挲。天空很快被染上了颜色,粉红的彩云宛如一幅画卷。海水亮得出奇——银粉的

---

② 是一个中部美洲文明中普遍信奉的神祇,一般被描绘为一条长满羽毛的蛇形象。她主宰着晨星,发明了立法、书籍,而且给人类带来了玉米。她还代表着死亡和重生,是祭司们的保护神。

光点浮于浪潮之上，翻滚着、变换着。日出是大海的魔法，藏着美人鱼、漂流瓶和海蛇，这里的世界可以不断地更新迭代。在拉文伍德的浴室里，艾米丽看着镜子，想象自己和父亲一起站在凉爽的沙滩上，看着昔日的海洋，她回忆中的梦境正幻化成模糊的画面渐渐逝去。

艾米丽坐在茶房里，喝了一杯柠檬水，凝视着雷吉纳·沃德的照片。茶房的大门敞开着。你能看见我吗，雷吉纳？艾米丽这样想。

"羽蛇。"门口出现一个男人的声音。

艾米丽差点从椅子上跳起来，原来是洛维瑞先生，他正靠在门框上。她瞥了一眼他的吊带裤、锃亮的鞋子，恢复了平静。

"怎么了？"她说完，脸上便袭来一阵热流，头痛也随之而来。

"羽蛇。"洛维瑞先生重复了一遍，"阿兹特克人信奉一个叫魁札尔科亚特尔的神——应该是风神。他的人形是一个男青年，头上长着羽蛇，所以人们也称他为羽蛇神。"洛维瑞先生走进屋子，"他有一个敌人，一个不知名的神，这个神想要削弱羽蛇的力量，让他怀疑自己的神性。所以这个神给了羽蛇一面镜子，羽蛇从镜中看到了自己的人性。"

艾米丽把照片藏在她的手臂下。

"我看到你坐在那里看着那张照片，就想起了羽蛇和镜子。你听说过这个故事吗？"

艾米丽不知该说什么。

"是你父亲很久以前告诉我的，"洛维瑞先生说，"他一定是想给我上堂课什么的,我好像还真学了点东西。"洛维瑞先生坐在桌边,"他对神话特别迷恋。"

"你还记得那个名字?"艾米丽说。

洛维瑞先生笑了起来:"我在欧洲的时候,买了一本神话故事书,你父亲还说起过这本书。我看了几次这个故事。我可以看看你的照片吗?"

艾米丽毫不犹豫地把这张照片递给了他,然后茫然地望着自己的手。

"她很漂亮,"他说,"引人注目,是个不寻常的女孩。"

"那是雷吉纳·沃德,"艾米丽说,"我能和她通灵,就在这张桌前。她是我家的亲戚,死在了河边。"

"啊,"洛维瑞先生说,"她总在这里出没吗?"

"但愿不会。"

"我倒不是担心鬼,"他说,"反而是对活着的人要小心。"

洛维瑞先生盯着照片,艾米丽也一言不发。

"你为什么在欧洲待了这么久?"她还来不及思考,便脱口而出。

洛维瑞先生吸了一口气:"我去欧洲是因为我过得不开心。回来也是同样的原因,是不是很奇怪?"

"你为什么不开心?"

"要做的事太多了,艾米丽,而且太无聊了。"

"你从来没有探望过我的父亲。"

"你父亲和我闹僵了。"

"那是怎么回事?"

"我们意见不合。不过,我去欧洲不是因为你父亲。"

洛维瑞看着那张照片,艾米丽故意将视线从他身上移开了。

"我妈妈在等你吗?"

"是的。"他说着,把照片递给她,站起身来,"我应该过去了。如果你不忙,可以和我一起过去。"

"洛维瑞先生,"她说,"照片的事,你能不能别告诉给我妈妈?这张照片留在家里或许更好。她对某些事情非常挑剔。"

"她确实是这样。"

"我不希望她知道这张照片是在茶房里发现的。"

"好吧。把它放回原处,艾米丽。还有,叫我斯坦就好。你叫我洛维瑞先生的时候,我感觉自己像个老校长。"

他们走上卵石小路时,房子的前门打开了。斯图尔特夫人走到门廊上。艾米丽发现,母亲每次看见洛维瑞先生时,都显得比较冷淡。

"你要和我们一起吃午饭吗,艾米丽?"她妈妈说。

"可以的话,就一起吃。"

"好极了,"洛维瑞先生说,"能和两位美丽的女士吃饭的机会可不多。"

她的母亲说:"真会说话。我知道,这是假话。真是伤心。"她望着艾米丽,"你哥哥在哪里?"

"我不知道。我没看见他。"

她的母亲说:"要么就是和阿尔伯特玩儿去了,要么就是在某个墓园里生闷气,想找个坟墓挖出来。"

10. 涟漪

7月下旬,凯瑟琳出现在拉文伍德,穿过大门,走到车道的一端,向河岸望去,发现了迈克尔坐在他最喜爱的树下,腿上放着笔记本,正用铅笔写字。凯瑟琳朝他走去,还没走到他跟前就被他发现了。她站在他身旁时,迈克尔抬起头看着她。

"怎么样?"她说。

"什么怎么样?"

"你不想说点什么吗?"

"你好,凯瑟琳。"

"你好,迈克尔。我把用意念发声的事告诉了我的祖母。"

他合上了笔记本。

"我的祖母喜欢讲故事,比如我祖母出生的前一天晚上,我曾祖父的鬼魂走进了她母亲的房间,坐在椅子上。还有,她姑妈家中有一个房间,是她丈夫因猩红热去世的房间,在那里,从来无法点燃蜡烛。她给我讲那个蜡烛的故事时,我问她有没有见过鬼。她告诉我,她小时候,到了夜晚总是看到屋外有个穿灰外套的男人——

她确信那是个鬼魂。于是我问她：'你有没有和鬼说过话？'她奇怪地看着我。"

"然后呢？"迈克尔用铅笔轻敲着笔记本。

"我告诉她，我认识一个能和幽灵对话的人。我和她说了艾米丽的事。"

迈克尔盯着铅笔，一动不动："她说了什么？"

"她沉默了一分钟。我以为不该告诉她——但过了一分钟，她告诉我她想见见艾米丽。"

"她相信你吗？"

"应该相信。她不该相信我吗？"凯瑟琳扬起眉毛反问道。

迈克尔回头注视着她。"当然。"他毫不退缩地看着她说，"但就这么简单地相信了？"

"她对整件事好像很感兴趣。我告诉她，我必须和你商量一下。"

"我也要和艾米丽谈谈。"

"当然。"她说，眼里露出一丝狡猾的目光，好像很讽刺似的。

"两个小时后再来，凯瑟琳，我再告诉你。到时候应该可以商量好时间。"

她匆匆走下了鹅卵石小路，穿过大门。迈克尔看到她停下来，隔着围栏回头看他。艾米丽可能不希望成年人参与进来，但要是个爱讲鬼故事的老太太呢？况且，游戏最怕的就是一成不变。

他打开笔记本，记下一条新笔记——猩红热，并在下面画了一条线。

辛迪·罗丝也曾跟她的母亲说起过茶房的事。"是真的，"她坚定地说，"我亲眼看见的。"

"辛迪，你不害怕吗？"

"害怕？"

"鬼都是很吓人的，即使是假扮的——"

"假扮？才不是呢——"

"不过挺有趣的……一个游戏而已……"

"对，但是——"

"感谢斯图尔特夫人让你在那里玩，辛迪。"

辛迪双手叉腰："我们从来没有见过斯图尔特夫人。"

"我不常见斯图尔特夫人，所以你替我谢谢她。"

"可是——"

"说点好听的话，辛迪。"

艾米丽，再次坐在茶房里，腿上放着雷吉纳的照片。她面朝着打开的大门，好在第一时间看到进来的人。她努力将注意力集中在雷吉纳身上，却总是不由自主地想起与斯坦·洛维瑞的谈话——他的声音回荡在这个小屋里，他那轻松愉快的风度，好像对他来说，世界上最开心的事便是和艾米丽一起坐在小房子里讨论一张旧照片和神话了。

门口出现了一个影子，接着有人走进来，艾米丽终于回过神来。她来不及反应,却希望那个人就是洛维瑞先生。

"阿尔伯特!"她叫道,门口的男孩一脸惊讶。"别鬼鬼祟祟的!吓死我了。"

阿尔伯特的脸上泛起一阵红晕:"我……我没有鬼鬼祟祟的,我只是想……过来看看。"他的目光落在雷吉纳的照片上。

艾米丽把照片放在桌子上,长舒了口气:"阿尔伯特,我们必须得在你身上安一个铃铛。你来这儿是找迈克尔的吗?"

"呃……"阿尔伯特的双脚不由自主地跨过门槛,"呃……不是。"

艾米丽看着阿尔伯特,脸上带着怀疑的微笑。

"我只是想来看看……茶房而已,"他说,"就这样。有时我碰巧路过,就想来看看。"

"这里随时欢迎你来,阿尔伯特。"她说着,感到无法继续礼貌地坐在那里。他想说点什么,是难以启齿的话。她可以感觉到他的身体在颤抖,仿佛突然之间一股电流穿过他的全身。

"所以,"他说,"现在只有你自己在这里吗?"他说话时,不敢看着艾米丽。

她好不容易参透了这句话的意思,心里偷偷笑着:"是的。就我自己在茶房里坐着。不过,现在有伴儿了。"

她感到一阵热流涌上喉咙,她知道,他所相信的一切,只是别人告诉他的事,现在,他也只是对这个游戏着迷不已罢了。她被傻乎乎的阿尔伯特·邓恩惹恼了吗?虽然这对她来说很不公平,但她禁不住生出一种骄傲来,那是潜意识里的,她还察觉不到。

他只是想让我知道他对我的信任,她心里想。

"你找到其他人了吗?"阿尔伯特迅速看了艾米丽一眼。

"其他人?"

"其他鬼魂,除了我们能与之交谈的雷吉纳。"

"印度战士,校长,寻找爱犬的沃特先生。"

"不只是附近的鬼魂。"她说。她觉得,只有阿尔伯特在这里,没有迈克尔和其他人在场时讨论这件事很奇怪。这个小团体让她放松,让她成为大家期待的样子——那个天赋异禀的人,能进入另一个世界的人。"是他们来找我,阿尔伯特,不是我去找他们,就是这样。"

"好吧。"阿尔伯特每看一眼艾米丽,那视线就会在她脸上多停留几秒。

艾米丽站起来,阿尔伯特差点摔倒在门口。

"好了,我该走了。"她说,"我必须走了,阿尔伯特,我要回家了。"她禁不住怀疑,那一刻,自己的控制力都跑到哪儿去了。她坐在众人面前时,从未结结巴巴的。她已然到达了某种忘我的境界,只记得他们的期待和忧虑。

"哦,"阿尔伯特说,"好的。"

艾米丽说:"要不下次——"话音刚落,阿尔伯特已经急匆匆地走下车道,消失不见了。

艾米丽坐回椅子上,看着雷吉纳的照片。她很想知道在那幽深的双眼之后藏着怎样的情绪，她脑海里有想不完的问题。

第一次通灵聚会上，有个男孩埃德·欧克利，想知道自己的小狗是否身在天堂，他出了大门，绕着房子走了一圈。他的父亲蹲在一个割草机弯曲的刀片旁，口中嘟嘟囔囔的。埃德的叔叔约翰站在他旁边，皱着眉头，饶有兴趣地看着那个弯曲的刀片。

"他们的想法，"约翰叔叔说，"我根本想不到。你呢？"

"那个内奥米·斯图尔特是个怪人，一个月也见不到一两次，住在那栋大房子里。即便孩子们在那个花园房里剥了猫的皮，她都没法知道。"

约翰叔叔眯起眼睛，那粗糙的拇指钩在口袋上："那个刀片可能会断掉。"

"是啊。有可能。"

约翰叔叔放下手来："他们的想法……"

"很疯狂。你有足够的钱，就可以肆无忌惮。约翰，把那把锤子递给我。"

阿尔伯特在茶房见到艾米丽后，从拉文伍德回到家里，站在昏暗的客厅中央，感到无比凉爽。从他匆匆离开庄园以后，心跳逐渐恢复了平静。他深长地呼吸着，然后登上楼梯，站在他父亲的书房门外。他的双脚扭动了一下，地板也随之咯咯直响。他的双臂垂在身体两边，看着房门，静静直立。里面毫无声响。他闭上双眼，转过身去，走下楼梯。

门后的房间里响起一阵脚步声。

阿尔伯特站在楼梯上，屏住了呼吸。

原本紧闭的房门打开了。"阿尔伯特？"父亲叫道。

当迈克尔找艾米丽商量帮凯瑟琳祖母通灵的事时，艾米丽拒绝了。凯瑟琳来过的那天晚上，迈克尔发现艾米丽坐在她常去的书房一角，面前的桌上摆着一幅巨大的世界地图集。她翻到法国那一页，手指顺着北部边界一直指到比利时。图上，贡比涅的周围用黑笔圈了出来。旁边还有他们母亲的笔迹：1918年10月10日。

"不是说好了不让大人牵扯进来吗，迈克尔？"艾米丽合上书问道，"你不怕节外生枝吗？"

"我和阿尔伯特说过了，艾米丽。"

"你和所有人都说过。"

"那是之前的事，后来情况变了。"

"不对。"

"好了，艾米，听我说，求你了——"

"不听。"

片刻沉默后，迈克尔开口了："你为什么不那样做？"

"因为那样会惹来麻烦，况且……"

"况且怎样？"

"这样不好，是骗人的。"

"骗人？艾米，这些人想看你表演，仅此而已。"

"好吧。那不如告诉他们这个表演是怎么完成的，告诉他们这是个障眼法。"

"艾米,理智一点,魔术师会告诉观众魔术是怎么变的吗?"

"我们现在成了魔术师吗,迈克尔?"

他眨了眨眼:"当然是了。你明知故问。"迈克尔顿了顿,又说,"你是不是害怕了?肯定是害怕了,你怕——"

"别说了,迈克尔。我怕妈妈发现我们在愚弄别人的祖母,会批评我们。别跟我说她不会发现。"

"她不会发现的,艾米。我们当初就是这么决定的,我已经说得很清楚了。再说,凯瑟琳的祖母知道这间茶房里发生的事,说不定她还和母亲讲过。如果这里有人能和妈妈说话,也许就是她。凯瑟琳的祖母希望有人能看看她,这有什么不好的?你可以变成她的幽灵孙女。"

艾米丽看着哥哥,勉强地笑了。

"没有你,我没法完成这件事,艾米。"

"好吧,"她说着,"啪"的一声合上了地图集,"就这一次,下不为例。"

迈克尔向她鞠了一躬:"没问题,你不会后悔的,这回一定让你大吃一惊。"

艾米丽走在7月炎热的清晨中。她来到房子后面,走到拉文伍德北面蜿蜒曲折的河边,站在树荫下。房子里的旧水塔从树梢后探出头来,那高耸的尖塔令人望而生畏。在这里通水之前,水塔一直维系着拉文伍德的生命，直到兄妹俩出生的前几年。如今，水塔被锁了起来，楼梯也生锈了，艾米丽的母亲说那楼梯本该在废弃之前换掉。在艾米丽看来，现在水塔像个中世纪的囚徒——一个被篡权的王子，被遗弃的恋人，戴着锁链，借着水塔坚硬石墙上的小窗里透进来的光线维持生的希望。艾米丽从树下走过，来到水塔的暗影下，用手摩挲着粗糙的石壁，穿过茂密的灌木和杂草，来到小河边。土地在前几天的一场雨后变得更加湿软，苔藓和腐朽的植物被泥土和石头覆盖，到处是微弱的虫鸣与蛙声。艾米丽想起了希腊神话中的珀尔塞福涅神和她那昏暗的地下世界，这个地方在那微弱的嗡鸣声中显得如此安静，没有任何可记忆之处。如果她真的要和雷吉纳在拉文伍德见面，艾米丽会选择这里作为最佳场地。雷吉纳穿着一件薄薄的连衣裙，将裙摆拉到膝盖上，涉水过河。那双黑色的眼睛充满疑问地看着艾米丽。一个不知世事更迭的、年轻的、被晒黑的人，搅动了平静的水面和水中的云彩，以及浅滩上的小虫。她是真实的，前额上的汗水闪闪发亮，顺着脖子向下流淌。艾米丽现在已经做好和雷吉纳面对面的准备了，她心意已定。她会走到水中去，迎接她回家。

她弯下腰，把手伸进水中，触碰水底黏糊糊的石头。这突如其来的冰冷使她起了一身鸡皮疙瘩。随后，她收回手来，转身从石塔下面走过，然后绕着房子走了一圈，潺潺的水声逐渐消失了。

霍尔特先生站在车道中央，面对着茶房，饶有兴致地观察着这座砖砌小屋。这个50多岁的男人很健壮，留着一头蓬乱的白发。

他穿着白色的背心和衬衫,腋下夹着一个大大的记事簿,右手肘抵在髋部,右手夹着一根棕色长烟,烟头朝着外面。见艾米丽朝他走来,霍尔特把烟拿到嘴边,深吸了一口,而后吐出一大片烟雾,就像周围的树木一样百无聊赖。

"早上好,艾米丽。"霍尔特先生并没有回头看着她。

"早上好,霍尔特先生。你今天来得挺早。"

霍尔特先生发出爽朗的笑声,"是的,来早了点。我对你的这间小茶房很感兴趣,艾米丽。"

"是吗?这么突然。"

"对,就是这么突然。我以前从没仔细观察过。无数次经过这里,却没有真正看看它。真是奇怪了,你不觉得吗?"

"是的,很奇怪。"艾米丽说。和霍尔特先生站在茶房外面,让她感觉无所适从。这种感觉比他的历史和文学课更要让人心神不宁。

"现在,我终于看清楚了。虽然现在热得发疯,但我还是想把它画下来。"

"画下来?"

"画在画布上。我有空时喜欢画画。其实,做老师只是为了糊口,其他时候我都会画些乱七八糟的东西将自己拆毁再重建。"

"哦。"艾米丽指着他胳膊上夹着的记事簿,"要先速写下来吗?"

他好像忘记了那本簿子一样,低头看了看:"对,是这样。"他从衬衫口袋里拿出一根铅笔,"速写能帮助我更好地理解它。"

艾米丽望向茶房。"你相信鬼魂存在吗，霍尔特先生？"她问道。

他笑着皱起眉头，"怎么突然问起这个来了？"

"我一直不知道自己是否相信鬼神的存在，仅此而已。您呢？"

"不相信。"他看着茶房说，"这个地方有鬼吗？"他抱着双臂，一根手指在速写本上不停敲打。

"当然有了，您看看。"艾米丽向茶房走了几步，"如果我告诉你，这里不只有一个鬼，而是有一大群，多得超乎你的想象呢？"

霍尔特笑了："我想你确实还不知道自己信不信鬼。"

艾米丽耸耸肩。

"为什么要说这些？"

"没什么。"她说，"只是想知道你相信什么。"

"现在对这个事物感兴趣了？"

"信仰是很奇怪的事，艾米丽。"他说着，向茶房走去，透过窗子向屋里望去，"什么也看不见，但这样才有所期待。毕竟，这里有鬼嘛。"

"没错。"

霍尔特敲了三下门，叩门声在茶房里沉闷地回荡着："你好？有人吗？"他朝艾米丽耸耸肩，走到门外，"看来鬼魂今天不想见客。"

"你没敲对门。你得学会敲门才行。"

"人们总是需要花很长时间搞清楚自己的信仰，然后对其逐渐熟悉，结果发现他们所信仰的并不是那回事。亚瑟·柯南·道尔写了那么多夏洛克·福尔摩斯的故事,在所有事物中,他最信仰的是精灵。你想想。"

"我能看看你的速写吗,霍尔特先生?"

他不假思索地将速写本从胳膊下面拿出来,打开封皮,翻到第一页,递给艾米丽。上面画着市政大厅,栩栩如生,尖塔上还有一座小型雕像。画作的一角写着日期——四天前。第二页上是一辆马车——车夫站在人行道上,正在从小贩那里买报纸。

"这是哪里?"艾米丽问。

"集市外面的大街上。当时我正想画点什么,于是发现了这个地方。这里像个古城,没有车辆,是吧?"这幅画的日期是两个礼拜前。

"美极了!"艾米丽说,"你看那个人!你怎么让他摆出那种姿势的?"

"我的时间不多,看到他在那里,赶紧画下了大概的轮廓。我觉得自己能够理解他的想法。"

"完美,这是最好的一幅。"

"比市政大厅还好?"霍尔特先生说,"那幅画我费了更大力气呢。"

"都很美——但是你看这个人画得多生动!"

"要是你这么喜欢,"霍尔特先生开心地说,"干脆送给你吧!"

"我不能要——"

"你可以的。"霍尔特先生把速写本从她手里拿来,一下子将那幅画撕了下来,再把速写本夹在胳膊下,把那张画递给了艾米丽,"给,你必须拿着,不然这幅画会有什么下场,我都不敢想象。"

艾米丽看着那幅画。

"当作迟到的生日礼物。"霍尔特先生看了看手表,"好了,你能不能去看看你哥哥在干什么?还有不到十分钟就要上课了,你们俩最好一起来。"

艾米丽来到迈克尔的房间,见房门开着。他坐在床上,头发凌乱,弯腰看着笔记本,用铅笔写着什么。等他发现艾米丽的时候,便抬起头,视线越过她,又回到了笔记本上,目不转睛:"是霍尔特先生来了吧。"

"他在楼下等着呢。该从故事中走出来了。"她说。

"好的,该看看幽灵们的故事了。"迈克尔又在笔记本上写下了一行字,随后合上本子,轻轻拍了拍封面。

1883年6月14日
星期四下午

　　罗伯特·沃德坐在二楼的走廊里,看着窗外的河流,抽着一根细长的烟。他一头白发,满脸皱纹,双目无光。他拿起妻子颇为不齿的威士忌,倒了一杯,然后将酒杯对着太阳,缓缓转动着。伊莲去世的三年来,他在这里度过的时间越来越长。有时候,他回忆起她19岁时嫁给自己的样子。那已经是20年前的事了,但从那时起,他大约只记得她身上穿着层层叠叠的衬裙和在她父亲家中从不干活的娇嫩双手。她一直是他孩子们的母亲,一个最了解他秉性的人。他喝光了杯中的酒,将杯子放在旁边,然后将双腿搭在栏杆上,好像坐在百货商店的门廊似的,手中的香烟闪着火光,飘来缕缕青烟。

　　雷吉纳像往常一样找到了他。那天早上,她穿着一件夏季刺绣连衣裙,一头长长的黑发梳得整整齐齐。有时他们坐在走廊里,罗伯特喜欢摸摸她的头发,手指在她的发丝之间穿过,他管她叫洋娃娃。自从前几个月,她过了16岁生日后,他有时会大声呼喊那些在房子周围寻寻觅觅的男孩子,想把他们叫上楼去,看看他们究竟想说什么。"要边喝酒边说,亲爱的。"

雷吉纳坐在罗伯特身边的椅子上。"我又做那个梦了,爸爸。"她说。

罗伯特的目光从河水那头转了回来,伸手轻抚着她的头发。雷吉纳探出头去,好让他的手够得着自己的脑袋。

"又梦到妈妈了?"他说。

"是的,她沿着小河往我这里来。"

"她都说了些什么?"

"她很担心你,觉得你很孤单。"

罗伯特轻轻地叹了口气。他将手从雷吉纳的发间抽了回去,给自己倒了杯酒:"谁不是孤单的呢,亲爱的?"

"爸爸——"

"你妈妈很爱你。"罗伯特说着,拿着酒杯靠在椅背上。他的声音很柔和。"她仍然爱着你,她会等着你,等待时机成熟。不过你能不能劝劝她,还是担心一下别人比较好?"他将酒杯举到嘴边,"给爸爸唱首歌好不好?"

"你想听什么歌?"

"悲伤的、孤独的都不错,让我心碎吧,亲爱的。"

雷吉纳在椅子上坐直了身子,发出高亢、甜美的歌声,虽然有点跑调,但还是稳住了音节,歌声便随着清风飘向远处的河边。罗伯特转动手中的酒杯,双眼闪烁着微光。

一株盛开的玫瑰，

花朵香甜娇美，

一朵无与伦比的玫瑰，

吸引了我的视线。

想要摘下它，

永远地拥有那盛开的喜悦，

却看到一片腐烂的花瓣，

于是我将它丢掉了。

　　罗伯特的儿子乔纳森来到走廊里。他之前在河边另一户人家住着。他衬衫上方的扣子开着，领带握在手里。乔纳森在宾夕法尼亚大学读大一，学的是财务专业，他说这个专业是管理家族钱财的秘诀。此时正值大一暑假，他放假在家。见乔纳森过来，雷吉纳立刻息了声，冲他笑笑。

　　"啊，乔尼。"罗伯特说，"烤乳猪好吃吗？"

　　"晚宴很丰盛，人不多，你应该去的，吉纳。"乔纳森目不转睛地看着父亲。

　　"但愿你代我向他们问好了，你看到那个女孩了吗？"

　　"格温多林·梅金泰尔，"乔纳森说，"看到了。"

　　"我就知道你准会碰见她的。"罗伯特说，"坐下吧，来喝杯酒。"

　　"谢谢爸爸，不过还是算了。"

"你会和那个女孩结婚吗,乔尼?"

"再说吧,"乔纳森说,"不管怎么说,得等我毕业之后。吉纳——"

"那你准备什么时候吻她?等孩子出生的时候吗?"罗伯特笑着对儿子说。

乔纳森转头看着妹妹,轻声说道:"吉纳,可以留我和爸爸单独聊会儿吗?"

"我刚刚坐下。"雷吉纳说。"别管了,"她的眼神示意。"就这样吧。"

"吉纳,拜托了。"

"没事的,亲爱的,"罗伯特说,"我们要谈论的内容有很多是你这样的小女孩不该听到的。"他眨了眨眼,看着她。

"我很快就回来。"她说着,握了握他的手。她站起来,想看看他的双眼,他却有意避开了她的视线,于是她便离开走廊,从楼下的客厅往门前的楼梯走去。乔纳森看着她离开,听着她的脚步声渐渐远去。河上吹来的风翻起乔纳森的衣领,将罗伯特口中呼出的烟雾一下子吹散不见。午后的阳光照在房子上,照在走廊中,投下暗黑的阴影。

乔纳森转身望着父亲,而父亲则望着河水。

"你说,让她坐在你身边陪你喝酒,这样好吗?"

"我早就没有什么好办法了,乔尼,看在上帝的分上,你先坐下。"罗伯特把酒杯放到嘴边。

乔纳森继续站着:"你觉得聊母亲和那些乱七八糟的梦境好吗?吉纳是个优秀的孩子,爸爸。"

"我觉得是敏感。"

"她和你我一样,只是在梦境中同母亲说话。"乔纳森说。

"你以为我不知道吗?"罗伯特说,"你就是这么想的?"他似乎被这句话刺痛了。

"仆人们去哪儿了?"乔纳森问道。

"仆人今早放假。我想安静地待会儿。艾伦和萝丝比你还忙活,儿子。大约一个小时后,他们就会来准备晚餐了——你不用担心。"

"到时候我就走了。"

"又来了。"罗伯特拿起酒瓶。

"吉纳是不是又梦游了,爸爸?这就是我们需要艾伦和萝丝的原因。否则,我看这个地方会变得鸡犬不宁。你总和她谈论妈妈来看望她,这可不行,爸爸,这对她没好处。"

"她没事的。她就是心软了点,没什么大不了的。不像你和我,对不对,乔?"他往杯中倒了点威士忌。

"你觉得她能有多幸运,从楼梯上摔下来还能安然无恙?我们应该给她的卧室门换把新锁。"

"我不记得家里的钥匙和锁都放在哪儿了。"罗伯特边说,边喝了一小口威士忌,"对了,乔,你有没有把自己的计划告诉那个姑娘,格温多林?她知道你的想法吗?"

"我告诉过你,我没有什么计划或者想法。"

"乔尼，你应该有的。你是我见过的最没有上进心的年轻人。好了，坐下和爸爸喝杯酒吧。"

乔纳森把领带放在椅子上，双臂环在胸前。

"是爱情还是金钱，乔？这甜蜜的感情更需要的是什么？"

"格温没有多少钱，爸爸。我们不是这一带的富人吗？你忘了？"

"说得好。我对你充满希望。人们对金钱看得太重了。"

"是你让我对金钱产生担忧的，爸爸。"

罗伯特的双眼从寡淡的威士忌后面发出一丝亮光来："别忘了咱俩说的是谁的钱，儿子。"

"不会的，爸爸，不会忘的。"乔纳森低头看着父亲，他眼中的怒火暂时消失了。这时，如果一个陌生人走进走廊里，会误以为这目光中透着温柔。

罗伯特的脸上再次充满喜悦的神色："你能不能帮我个忙，儿子，要是我在你和那姑娘结婚之前走了，你能不能替我送她一把铲子，你们可以拍照时一起拿着它，因为你们得一起挖坑。"

"太阳还没落山呢，你就喝醉了。"乔纳森拿起领带。

"这一切都将属于你，等你完成学业，长大成人，有了一个年轻貌美的新娘。"罗伯特又倒了一杯酒，"愿你长命百岁，儿子。"他缓缓地将杯中的酒饮尽。

"阿门。"乔纳森说完，便回到屋内了。

乔纳森来到雷吉纳的房间，看到她坐在床上，双手合十。她的四帷柱大床将她包裹起来,些许阳光投进了透明的白色床帘。

那光线使得床和房间以及雷吉纳看上去像个被遗忘的景象。雷吉纳抬起头,等着他开口。

"他很孤独,乔纳森。你何必惹他生气?"

"我不想让你和那样的他坐在一起,吉纳,这对你们俩都不好。"

"那样他会很伤心、很孤独的。"

"十分钟后他就不省人事了。"

"我又做了个梦。"

"吉纳,拜托了。你今早开始都没休息过吗?"

"我用不着休息,乔纳森。"

"你要是不休息,晚上更会睡不着的,吉纳。你知道的。你后来有没有梦游?"

"不常有。"雷吉纳说着,又躺了下去,蜷缩着身体。

乔纳森抚摸着她的前额和头发:"你的记忆里有没有断片的时候?"

"也不常有,现在好多了。"

"睡吧。萝丝和艾伦马上就来准备晚餐了。我还要去城里赴约,得赶火车。"

雷吉纳好像已经睡着了:"晚安,乔纳森。"

他弯下腰在她额头上轻吻了一下,然后走出房间,来到客厅,轻轻关上了房门。他看了一眼她房门上的锁孔,钥匙已经消失多年了。他看看表,向楼下走去,确保通往屋外的所有门都关好了。

雷吉纳从床上坐起来，闻到一股泥土与砖瓦的气味。母亲的气味。她想见见母亲，跟随着母亲的声音来到屋中，来到那充满泥土气息的氛围里，在河边相见。

乔纳森。他爱母亲，却不理解她，他没法见到她。就算是回了家，也没有心的依傍。

雷吉纳要去一个她知道小孩子不该去的地方，那是母亲让她忘掉的地方，那里黑洞洞的，在地下。她现在要下去了，她必须去。妈妈在呼唤她，从外面，在小河上。

她发现自己正站在父亲房间的书架前，拿着父亲早已忘记的铁钥匙。钥匙冰凉冰凉的，但还能用。她曾看到他多年前把钥匙放在哪里，但他并不知道她看到了这一切，其实她当时就静静地站在走廊里，后来两人都忘记了这件事。暗影中的母亲告诉她，书架，钥匙，雷吉纳。

她来到楼梯顶端。外面的光线更加金光闪耀，柔和，美妙。她又来到走廊，紧抓着门把手。来到厨房，餐具室内的粒粒尘埃在空气中舞动着。

地下室的楼梯。角落里，那昏暗的角落里。

她手里那把长长的铁钥匙差点滑落。

冰冷的金属。泥土与砖瓦的气味。到地下与她见面，在黑暗中，在地下室。手指摩挲着湿冷的砖块。

母亲在呼唤。

片片砖块。漫长的黑暗。

那间小屋,亮着灯,有一扇门。

外面。草地,河上吹起阵阵微风。父亲的双脚搭在上面的栏杆上,脑袋侧向一边,一动不动。

母亲的声音,在白天很难分辨,是从四面八方传来的。

雷吉纳闭上双眼。

母亲。

一步,还是两步、三步?

听到那个声音,就知道了。

一步,再迈两步。

风从下面刮来,混合着水和泥土的气息。

母亲,在河边。

一步。

两步。

突然间,天旋地转。

岩石,水流。

一瞬间,雷吉纳的双脚从地上飞起,只看到水、天与母亲,她正在呼唤着。

Part 3

11. 一次聚会

艾米丽和迈克尔坐在波默罗伊夫人的客厅里，那蕾丝桌布上摆着很多瓷器。门上挂着一个冰冷的陶瓷十字架。波默罗伊夫人和她的朋友们坐在房间里一字排开的椅子上，穿着做礼拜和外出做客时才会穿的好衣裳，他们看着这对双胞胎。

当迈克尔穿着蓝色套装来到拉文伍德的前厅，艾米丽穿着花裙子、锃亮的皮鞋跟在他身后，母亲从报纸后面抬起头来，惊讶地看着他们："孩子们，你们要和市长先生去喝茶吗？"

"凯瑟琳·波默罗伊邀请我们去她祖母的家里吃饭。"迈克尔说。

艾米丽说："我们觉得穿正式一点比较开心。"

"你们俩对开心的理解真奇怪。现在还不是穿正装的时候吧？"

"成年人总是穿得很正式。"迈克尔说。

斯图尔特夫人把头埋在报纸后面："那好吧。"

当艾米丽和迈克尔从东门走出去，来到院子，他们看到洛维瑞先生把自己棕色的汽车停在那里。他们冲他挥挥手，他也挥了挥手,兄妹俩便出发了。

"不知道他会不会感到愧疚?"艾米丽说。

"谁?"

"洛维瑞先生。"

"愧疚什么?"

"爸爸的事。因为他还没看到爸爸就……"

"我哪知道他怎么想的?有什么区别吗?他现在在这儿——可以和妈妈坐坐,回忆一下年轻的感觉。"

"别煽情了——"

"我没有煽情,艾米。"迈克尔继续走着,步子迈得又大又急,"我们已经有很多事要想了,就这样吧。"

来到波默罗伊夫人的客厅中,艾米丽和迈克尔面对面坐着,茶杯和茶托放在腿上。大家轮流问着兄妹俩各种问题,对他们的回答点头称赞,还事无巨细地诉说着自己的生活。他们对兄妹俩的出生日期颇为好奇。

"6月23日?"波默罗伊夫人说,"啊。"她的声音舒缓下来,像河水从卵石上流过,"你们是巨蟹座,很敏感。"波默罗伊夫人身宽体胖,艾米丽和迈克尔从未见过比她胖的人。他们得知她以前在马萨诸塞州的一家女子大学教过拉丁文和古希腊文,过了很多年后,她失去了自己的丈夫。她喜欢一切美的东西。

波默罗伊夫人年轻时当过老师,她总是和教导处争执不休,希望学校能多重视艺术与文化学科的建设,不要只关注经济与政治。

"我们来到这世界,是来欣赏美的。"她对兄妹俩说,"我们要容忍丑陋。"波默罗伊夫人的脖子上戴着一个大大的十字架,银制的,上面精细地刻着受难的耶稣。艾米丽一边想象着耶稣的鲜血流进夫人的茶水,一边告诉自己不要一直盯着对方看。

"巨蟹座的兄妹俩。"波默罗伊夫人说。

"出生在一起,灵魂也联系着。"一位叫埃尔文的小姐说——她是个瘦小的女人,说话时很少眨眼,此刻正和她妹妹坐在一起。索菲亚小姐,让两兄妹称呼她和她的妹妹萝丝小姐时,用她们的教名,以免混淆。

"你们两个谁大一些?"萝丝小姐问道。

"我大一些,"迈克尔说,"早了几分钟。"

索菲亚和萝丝点了点头。她们两个长得很像,不认识的人一定会以为她们是孪生姐妹,就连眼周围的骨骼都那样相似。两人多年前就住在一起,性格脾气却截然不同。索菲亚以前是个图书管理员,爱好历史,总能记起读过的书中那些微小的细节,对已故的名人更是如数家珍。"在我看来,"索菲亚说,"人们最有用的就是记忆。"

萝丝是个训练有素的小提琴家,年轻时曾留学德国和法国:"我是拉小提琴的。"

索菲亚说:"我和萝丝很不相同。"

萝丝耸了耸肩。

"她的老师告诉爸爸,如果她是个男孩子,就可以演奏世界上任何一种乐器。"索菲亚说。

后来，她们回到父亲的家里，几十年如一日地照顾着年迈的父亲——早上给他读报纸，下午为他演奏小提琴。

坐在一把高背木椅上的是拉迪莫尔，她是个满头白发的黑人，神情傲慢，操着一口清脆的英国口音。"你胆子真大。"她对迈克尔说，透过杯中盘旋上升的热气看着他。拉迪莫尔是一位巴巴多斯商人的女儿。她之前在英格兰一位父亲生意伙伴的家中做老师和管家，几年后熟习了英国礼仪与文化，回到巴巴多斯，嫁给了父亲的另一个生意伙伴，20年前，她的丈夫将她带到了美国。"还有你，"她前倾着身子对艾米丽说，"有一颗复古的心，非常念旧。大家都能看出来。"

艾米丽和迈克尔感到颇为惊讶，大家对通灵事件只字不提，只有艾米丽想起了自己的天分和练习的过程。对这一事实的接受让两兄妹备感震惊，就像那些小姐们讲述自己不同凡响的生活经历一样。

艾米丽和迈克尔曾记得，母亲在一次特殊场合中面对着陌生人，连自我介绍都支支吾吾的样子。

"我父亲去世后，经常到母亲的梦里看望她。"波默罗伊夫人说，"有时，母亲失眠，父亲就陪她躺在床上。她说能感觉到父亲在旁边，像他去世之前的样子。"

"我们还小的时候，"萝丝说，"邻居有个男子，癫痫发作，口齿不清。"

"他抽搐得厉害。"索菲亚接着说，"他说，他觉得上帝在压着他，朝他大喊。有的人说他发作时，会看到未来的景象，如果他看到一个身上洒满金光的人，那个人就快要去世了。"

萝丝坐直了身子。"格蕾丝，"她对拉迪莫尔说，"把你外祖母的故事给迈克尔和艾米丽讲讲。"

拉迪莫尔垂下眼帘，看着萝丝，然后看看兄妹俩。"对她来说，生者和死者没什么区别。"她说，"她告诉我妈妈，死去的人会化作空气留在我们身边。他们的血液在河水中、在土地里流淌着，贯穿我们的全身。我的外祖母给我妈妈讲了很多古老的事。"拉迪莫尔喝了一口茶。

"是的，"波默罗伊夫人说，"我的母亲魅力非凡，她还给我留下了这个——"她指着脖子上的十字架，"这是每日诵经时用的。"波默罗伊夫人将那个十字架握在手中，闭眼祈祷着。"我的汤姆1909年去世了，是在一次狩猎中发生了意外。"她说。

"一个波士顿算命的人对我说，我将面临很大的祸患，我等待着、祈祷着，寻找着蛛丝马迹。"波默罗伊用茶叶占卜过，也看过手相，用过塔罗牌，但是她觉得自己太不专业了，"我一直等着，不到一年，汤姆和他的弟弟去打猎，于是……就发生了意外。"

拉迪莫尔夫人喝了一口茶，看着艾米丽。"我的丈夫去世有六年了。"她边想边说，"有个女人说他抱走了她的孩子，于是下了药把他毒死了。"

拉迪莫尔太太怪异地叫了一声，目光闪烁："她在卡尔喝的酒里下了毒，卡尔一下子就死了。"她喝光了杯中的茶，将茶托放在中间的小桌上。

艾米丽和迈克尔静坐无言。他们从没见过大人们像这样开诚布公、毫不避讳地聊天，不知该怎么回应，于是，只回报以点头和好奇的目光。

"我们没结过婚。"萝丝说。她稍停顿了片刻，看着孩子们继续说："我们的父亲希望我们永远不嫁人……他希望我们能见识更广阔的世界——音乐、书籍等等。后来，他生病了，病了很久。"

索菲亚清了清嗓子，向前倾身，小声说道："还有，尼洛瓦的丈夫——"她还没说完，走廊里传来了响亮的脚步声，接着是三下敲门声。

"小心，"拉迪莫尔说，"她能听到你在想什么。"

"进来，巴希亚。"波默罗伊夫人叫道。她拍拍艾米丽的膝盖，示意她一切都好，"尼洛瓦是个艺术家、雕刻家，激情四射。"

"她把作品都锁在地下室里，不让别人看到。"拉迪莫尔夫人说。

"她的曾祖母是位伯爵，你知道吧。"萝丝说，"说来话长，真让人心碎。"

前门呼啦一下打开了，一个壮实的矮个女人匆匆穿过客厅，裙子上还残留着深深的折痕。她身形圆滑，肌肉紧实，看上去很胖。一头灰发束在脑后，胡乱扎成一个马尾。她瞥了一眼艾米丽和迈克尔，搞得两兄妹恨不得钻进沙发里。她从胳膊下面拿出一个用线绑着的盒子，把它放在一边。

"这，"波默罗伊夫人说，"就是尼洛瓦夫人。"

"你好。"尼洛瓦夫人操着浓厚的斯拉夫口音说。她在一张椅子上坐下。索菲亚起身给这位风风火火的太太倒了杯茶。尼洛瓦夫人喝着茶,拉迪莫尔夫人便说:"我们刚刚正说着各自的丈夫,就差你了——"

"那个混蛋,"尼洛瓦夫人咬牙切齿地说着,将茶杯"砰"的一声放在茶托上,"那个老混蛋。"尼洛瓦夫人转身向着艾米丽,"这些长舌妇,说他什么了吗?"

波默罗伊夫人说:"当然没有了,巴希亚——"

"她们有没有告诉你,是我杀了他?"尼洛瓦夫人指着自己的下巴问孩子们,"是我杀的,别听她们胡说。我杀了他,而且还想把他挖出来,再杀一次。我要把他的心挖出来。"尼洛瓦夫人端起茶杯,喝了一口,而后轻轻地放在了茶托上。

波默罗伊夫人说:"巴希亚,你来说吧。"

拉迪莫尔夫人笑起来,弄得手里的茶杯茶托叮当作响。"巴希亚,"她说,"你没有杀死他。"

"我杀了,是我杀的,天哪!"尼洛瓦夫人站起来,和两兄妹说,"我祈祷了十年——十年——我不停地祈祷着。"她跪在地上,"我祈祷着:'上帝啊,全能的上帝,求求你,求你杀掉这个老不死的混蛋吧!求你了,放过我吧!'"她站起来,抻了抻裙子上的折痕,"最后,嘭!上帝听见了我的心愿。我实在是太感激了。"

"巴希亚。"波默罗伊夫人心不在焉地用指尖摸索着脖子上的十字架说。

"他得了严重的中风。"索菲亚告诉孩子们。

"那是第三次发病。"拉迪莫尔夫人说。

尼洛瓦夫人坐回椅子上,喝了口茶:"他死了,这才是最重要的。"

"他已经去世八年了。"拉迪莫尔夫人说。

"如果他站在这里,"尼洛瓦夫人威严地说,"我非把他那肮脏的心脏掏出来。"她又喝了一口茶。

"好了。"尼洛瓦夫人从盒子里拿出一把切点心的银制刀具,指着艾米丽说,"有人要吃蛋糕吗?"

大家端着小盘子,一个接一个地传递着一块块柔软的苹果蛋糕,礼貌性地赞赏其味道色泽。最后,尼洛瓦夫人盯着艾米丽,露出一种赞赏而怀疑的目光。"所以,"她说,"你们就是那对能通灵的兄妹?"

艾米丽脸红了。"是的,女士,可以这么说。"

"可以这么说?"尼洛瓦夫人说,"可以说的事多了去了。你们什么日子出生的?"

"他们是巨蟹座。"萝丝自告奋勇地回答。

"你们什么时候发现这种特异功能的?"尼洛瓦夫人问道。

"一个月前。"迈克尔说。

尼洛瓦夫人看看迈克尔,又看看波默罗伊夫人。"他呢?"

"他是艾米丽的助手。"波默罗伊夫人说,"对吧,迈克尔?"

"是的,夫人,没错。"

"助手。"尼洛瓦夫人说。她把盘子和茶托放在小圆桌上:"助手,你看不到鬼魂?"

"看不到,夫人。"

"你们俩,就像吉卜赛人一样?"尼洛瓦夫人说,"你们帮助人和鬼沟通?"

艾米丽冷静地思考着,要是情况变糟了,可以直接说她做不来了,再也无法通灵了,就这样。

尼洛瓦夫人站起身来:"好了,不说废话了。"她从大家手中收回盘子和茶托,将其放在桌上。"现在,"她转向艾米丽说,"你帮我们把鬼魂引到这儿来吧。"

"我们从没在茶房外面这样做过。"迈克尔急忙说道。

"茶房?"尼洛瓦夫人说。

"我们家里有个小小的娱乐空间。"艾米丽说,"我是在那里和雷吉纳通灵的。"

尼洛瓦夫人看着艾米丽,瞪大了双眼,皱起几层抬头纹。"你们很有钱,对吧?"

"是的,夫人。"艾米丽说。

"真好。"尼洛瓦夫人看着艾米丽,眼睛也不眨一下。

艾米丽竭力抑制着想要看向别处的冲动。"是的。"她说。然后,她微微抬起头说:"我们想要什么,就有什么。"

"供过于求,我敢肯定。"尼洛瓦夫人说,好像她什么都知道似的,"继续,那个娱乐空间。"

艾米丽吸了一口气："雷吉纳是在茶房附近去世的，也是在那里，我们第一次相遇。"

"你觉得在这里能通灵吗？"索菲亚问。

"我试试吧。"艾米丽感激不尽地将目光转向索菲亚。

迈克尔意味深长地看了艾米丽一眼，目光中充满了鼓励的期望。然后，他站起身来："我们需要安静，还有，你们必须做冥想，祈祷雷吉纳过来。艾米丽需要你们的帮助。我们最好一起集中精力。"

大家低下了头，闭上双眼。波默罗伊夫人首先开始了，双手紧握放在腿上。姐妹俩也学着照做，在窗外透进来的光线之下，像两个忏悔的人。拉迪莫尔夫人按着太阳穴，深深地思考着。尼洛瓦夫人最后一个闭上双眼，缓缓地呼吸着。

迈克尔回到自己的座位上。"记住，"他说，"一次敲击声表示否定，两次表示肯定。"迈克尔任凭时间随波默罗伊夫人隔壁房间的钟表滴答滴答地流逝。"雷吉纳？"他说。这个名字悬浮在空气中："雷吉纳，你在吗？"

艾米丽感到五个女士都在仔细听着。

空气中响起了一声敲击。艾米丽心里数着数，让紧张的空气更加凝固。第二声敲击随之即来，又立刻消失在空中。

"欢迎雷吉纳。"迈克尔说，"我们很高兴你的再一次到来。"

艾米丽感受到了大家的放松，以及自己和迈克尔的如释重负。女士们开心极了，她感受到她们终于在椅子上坐稳的样子。这个魔术再次起了作用——它永远都是这么有效。

12. 荒野中的鬼魂

那次聚会的一周后，艾米丽无法安静地待在房间里，于是常下楼去晒午后的太阳。这又是一个炎热的8月天，但她毫不遮掩地迎接着阳光。艾米丽穿过草坪，来到河岸边。水中没有船只，只有几只鹅，让特拉华显得萧索荒凉。

在艾米丽假想的一本书中，她看到了一个生活在遗忘之地的雪怪，人们经常在他的领地里走失。一个旅行者要是走在森林里、小山间，或穿越冰冻的北部荒原，雪怪就会跟着他——那是一种被监视的、被追逐的感觉——让旅行者不禁回头，驻足聆听。但雪怪太过聪明、太过敏捷，旅行者只能看到一个影子，雪怪的声音就像是一阵风的叹息，或者晚风的低语。有的故事讲述了一个高大的鬼魂、一个死神——还有的故事描绘了一个食人怪，专门跟踪北部林地中的猎人。这本幻想之书中，有很多荒野中的鬼魂。

艾米丽向河对面望去，想象着那黑暗中的雪怪正在某处看着她，在河岸边高高的草丛中，在房子周围的灌木丛中，在河对岸新泽西的那一头，从大树间飘来，虽然隔着宽阔的河流，却能看清它脸部的所有细节。那个雪怪说不定在她望着太阳的时候去过茶房，或许还将脸贴近了窗户，被河边的树木和头顶的蓝天伪装起来，屏住呼吸，一动不动。她来到这儿，看着河水，但此时此刻只想赶快离开。这孤独的静寂让她想起了变幻莫测的往日时光。

上周那次聚会后，迈克尔走在回家的路上，精神抖擞。"我觉得，尼洛瓦夫人是想毁掉一切。"迈克尔说，"可一旦开始，我们对她的掌控，要比其他人更强。"

"也许是吧。"

"也许？我觉得没什么好怀疑的。你当时也在场，艾米——她们的目光都无法从你身上移开。"

那些女士同她打招呼，拥抱，热情非凡，充满爱意。她们心中没有恐惧，不像孩子们一样，把通灵大会当作勇气的考验。然而不知怎的，小姐们无所畏惧的表现似乎也很不对劲。艾米丽觉得不管她们怕什么，都不是在惧怕她，也不是怕她说的鬼魂。她那时就知道，虽然她不会这样告诉自己，但其实她知道那些女士的恐惧已经因时间太久变成了希望。

在河岸上，艾米丽想象着当一个雪怪的样子，而不是旅行者。看到旅行者驻足倾听，一动不动，雪怪迅速一闪而过，在旅行者的心中留下一点记忆。她转头望着房子，看着那明亮的窗子和黑色的百叶窗，把这里看成一个从苔原上过来的神秘游客。她想起三楼的走廊和那可怖的暗影，斑驳的树影在栏杆上攒动。如果她是一个雪怪，她会藏在那厚厚的邮筒后面，露出一小块脸，在这斑驳的光线下，几乎无法识别。她会等到一个孤独的旅行者出现在河岸边。这个人进了房子，从光亮中走到黑影里，穿过走廊，发出阵阵脚步声，从一楼向二楼、三楼爬去，然后走向三楼的走廊，想要抓住雪怪，却发现自己站在废弃的走廊中，清楚地听到偶尔吹来的阵阵微风，在这炎热的空气中沉吟着。

黄昏接近尾声，夕阳很快便消失在暮光之下。艾米丽走出屋子，来到一架梯子旁，用手摩挲着冰冷的墙壁，在自己的家中像个外人一样游荡。梯子放在走廊后面一间低矮的客厅一角，在这里，无论发生什么，楼梯下面的人都看不到。攀上梯子后，她听到母亲和斯坦·洛维瑞的声音。

"我记得他怎么说的，'好了，斯坦，理智一点。'"斯坦说，"他的声音很冷静。"

"是的，"母亲说道，"他也经常对我这么说。"

"他不理解，他就是这里最理智的人，所以要对我们剩下的人耐心一点。"

艾米丽知道，他们在谈论自己的父亲，他以前也经常告诉艾米丽，要理智一点。

"战争来了之后呢？"斯坦说，"他说什么了？"

"谁都不喜欢战争，斯坦。"

"但是我们都必须面对现实？做力所能及的事？"

"斯坦……"

"他确实说过这话吧?"

"说过,斯坦,他是说过。所以他去参战了。"

艾米丽坐在梯子底端,手托着下巴。父亲前往欧洲参战那年,她才6岁,模糊地记得父亲穿着制服的样子。艾米丽的父亲很年轻,当时37岁,从一个温文尔雅的医生变成了军医,被授予了少校军衔。艾米丽回忆起他穿着制服的样子,更显年轻了。

"你离那场战斗有多远?"母亲问道。

"不太远。但如果你就在附近,便能听到永不停息的炮火声,从白天到晚上,到处是枪声,听上去就像世界末日。"

突然,整个欧洲大陆好像正在分崩离析,人们全都疯了。不过这只是前线的状况。战争开始的时候,我已经在那儿过了三年了。习惯了欧洲的闲散。"

斯坦叽里咕噜地说着,心情并不沉重:"当然了,听老一辈讲那段故事最有趣了,听着更舒服。"

大家沉默了一阵。艾米丽望着墙壁。

"我参加了一段时间的作战。"斯坦说,"我被它吸引了,以前从没觉得战斗很光荣。我知道有的人这么想。不过我也跟着参加了战斗。那时,我习惯了那无休止的枪声。我还记得当时在想,'天哪,他们的弹药都用不完吗?'那个时候父亲在军火库工作,经常和英国人打交道。所以我听着枪声,想象着死去的人们,就想起了忙着做弹药的父亲,还有很多别的事。"

艾米丽听到斯坦放下茶杯的声音。茶杯与茶托碰撞的声音之后,是长久的沉默。她静静地坐着,不敢呼吸,怕暴露自己。

斯坦说:"得知唐纳德的事时,孩子们怎么样?"

一把椅子响起"吱呀"一声,她母亲清了清嗓子:"那是最艰难的时候。我一直觉得最艰难的是一个人睡去、一个人醒来,最后才发现,把这件事告诉艾米丽和迈克尔是最难的。我是在一个星期一早上接到电话的,说唐纳德10月10号牺牲了,就在前一周内。我还记得那种感觉——奇怪的感觉。一方面,医生不应该死的。另一方面,唐纳德去世快一周我才知道。一想到唐纳德走了,我却浑然不知地过了一个礼拜。我把信拿到楼上拆开了——上面的邮戳很清晰,看上去不像假的。我感到自己沦陷了。当你知道发生了坏事,又没有时间去怀疑它的真实性,就会有这种感觉。你会想:'别傻了,一切都好,这没什么大不了。'通常,这话没错。他毕竟不是个军人,没有在战壕中作战。但有时候,也会发生意外。"

艾米丽竭力遏制着突如其来的咳嗽。她用手捂着嘴巴,惊恐地看着地面。

"是的。"斯坦说。

"于是我把信拿到楼上拆开了。上面写着:'抱歉地通知您。'"

"内奥米,你不用——"

"没事,斯坦。我看了信,没让玛丽进屋。我已经听到她在客厅里大哭大喊,所以我知道她看过信了。我记得当时我很生气。她不常哭的。我想过直接到客厅把她给辞退掉,斯坦。"她笑了,"你想想,可她毕竟一直像母亲一样对我。我打开门,玛丽看了我一眼,就明白了。于是我们一起坐在床上,哭啊,哭啊。"她又笑了。

艾米丽用手捂着脸,身体不住地颤抖。

"我很生气,气他撇下兄妹俩和我,非要去参战,还说那是保家卫国的义务。过了很久,我才渐渐消了气。"

"他去参战,只是为了履行义务吗?"

艾米丽从他的声音里听了出来,斯坦还没说完这句话就后悔了。

"是的,斯坦。"母亲回答。

有人拿起了茶杯,瓷杯碰到银器发出温柔的声音。

她的母亲又清了清喉咙:"过了几小时,我把这件事告诉了艾米丽。我觉得没有必要隐瞒她。她总会见到玛丽和我在家里落泪的,而且她有知道的权利。迈克尔是个阳光的男孩,而艾米……总是很老成。"

艾米丽用手揉揉眼睛。

"我让她帮我把消息告诉迈克尔。我们一起去和他说的。他一声不吭。这就糟了:他不和我们交流——他的眼睛、嘴巴、整张脸都在回避。我们想抱抱他,可他一动不动,蜷缩着身体。他好几天都没说话,我差点把医生叫来了。但是他还会吃饭,所以我就一直等着。最后,他开口了。很长一段时间里,他都不想谈论有关父亲的事,我也从不逼他。"

一阵沉默。艾米丽把手放了回去,等待着。

"你去欧洲之前,"母亲说,"和唐纳德发生了口角。"她顿了顿,"对吧?"

"是的,他告诉你的?"

"他好像很气愤,我说点什么,他也不理我。唐纳德不经常这样的。"

斯坦叹了口气。"唐纳德和我经常意见不合,"他说,"这你是知道的。当然,还是要保持基本的尊重。唐纳德看不惯我的一些朋友,他们来学校的时候,他就会回避我们。他总说:'你们这些有钱人家的孩子,总和那些穿着礼服、开着跑车的社会主义者在一起。'当然了,那时候他也是个富家子弟,但他的父亲不让他沾染富家子弟的坏习惯,所以他也从不对我们这个普林斯顿的小小帮派感兴趣。'你们整天谈论些社会不公、工人阶级的话题——可你们中间没有一个人需要出卖苦力。'他经常这么说,'而你,斯坦,'他总这么说,因为我是个典型,'你觉得奴隶们会怎样看待你们这些除了喝酒就是追求女孩子,还有钱又有大把时间的公子哥?'"

"他有时候说话不太公平。"斯图尔特夫人说。

"不,他说的很对,就算那个时候。唐纳德不是不关心别人,内奥米——我从不这样认为。他信仰旧共和制。我不信,但那时候我至少也是有信仰的。"

"现在呢?"

"明天再问我吧。"

又是一阵沉默。一把椅子挪动了一下,一只杯子拿起来,又放下去。

"在书房的那晚呢?"母亲说。

"我去看他的时候,他喝醉了——我想你当时是知道的——我当时措手不及。他不太会喝酒。唐纳德坐在桌前,双脚朝上,望着窗外。他手里拿着一杯琴酒,我一看到他,马上就知道他喝醉了。他就一直望着窗外,外面天寒地冻的——那天晚上可真冷,还记得吗?他说,斯坦,来坐下,要喝点吗?我告诉他,他比我强多了。他大笑起来。我记得那个笑声并不开心。我知道我应该尽快离开,以免发生不快。但是我不能,因为不愉快的气氛已经积累了太久,我想看看最后会发展成什么样。"

"我确实听到了喊叫声。"斯图尔特夫人说。

"是啊。我们聊了一会儿,我也喝了一两杯。他好像并未认真在听我说话。他想聊聊我们之间微妙的变化,我也做好了心理准备,因为我也很累,很伤心。最后,他说:'你和你的十字军朋友们还在一起吗?'我还试着半开玩笑地说:'是的,我们准备推翻政府——我可以把你送到前线去。'唐纳德笑了。'那太好了,斯坦,你能这样真好。推翻政府。真有意思,那些拥有一切的人,竟然还想拥有别人的东西。你说是不是,斯坦?人们愿意做任何事——尤其这些拥有一切的人——他们什么都愿意做。'

"'他们会背叛,会盗窃,无所不用其极。'然后他说,我总是批判洛克菲勒、摩根、我爸爸——但我就像他们一样,他们不停地索取。他说我只是努力得到我想要的。他说的大部分都对。然后他从椅子上起身,在房间里踱步,冲着我大喊。我那时候也很生气,不过只是恼羞成怒而已。然后他拿起了那个杰弗逊的雕像。

我以为他要冲我扔过来,我以前在普林斯顿的时候常管杰弗逊叫'伟大的美国人',就为了惹他生气。所以那一刻,唐纳德站在那儿,手中拿着杰弗逊的雕像,直到今天我还是想不清他究竟想干什么——我当时对他说:'你要不要用那个圣托马斯来砸我?'我想让他来砸我,往我头上一扔,了结一切。但是他说:'滚出我家。'我径直走向房门,他说——我记得很清楚——'别和内奥米说你要走了,斯坦,不要和她说话。直接走人。'然后——我不应该和你说这些的,内奥米,但是当他说出那句话的时候,我觉得是我在那时候就把他杀了。于是我就走了。"

过了很久,斯图尔特夫人终于开口说:"你要不要去透透气,斯坦?"

"那再好不过了。"

艾米丽迅速地轻声爬到梯子上面,往左边一闪。她就站在角落里听着。下面,斯坦和她母亲走出门廊,在离梯子几英寸的地方,穿过房间向前门走去。前门开了又关,房中霎时间安静下来。艾米丽从梯子上爬下来,看着斯坦和母亲坐过的两把椅子,以及桌上的两只空酒杯。

13. 画布上的线条

一个阳光明媚的周三早晨,霍尔特先生在卵石小路的对面草地上架起一张凳子和画架,将颜料挤到调色板上调好色后,将一张洁白的画布放在画板上,他站在卵石小路上,侧身望着茶房,指尖放在嘴唇上。他扫视着茶房,门、窗、砖、房顶,手指轻轻打在嘴唇上。他靠近画板,思考着布局,又看了看茶房,最后将目光集中在画布上。他拿起画板,然后用笔刷蘸取调色板上的颜料,将画笔拿到画布上,开始在这白色的画布上作画。

霍尔特先生敲了敲门,艾米丽打开了门。

"刚才我看到你在外面画画了。"她说。

"那你怎么不出来打招呼?"

"我不想打扰你,而且,我想等你完成画作再看到它的全貌。"

"我把画布放在走廊晾干,所以你过去的时候要小心了。好了,你哥哥在哪儿呢?"

"楼上,我去叫他。"艾米丽在霍尔特身后关好门,老师便站在大厅的中央,手插口袋。他好像随时都能进入沉思的状态,不管周围的一切是什么样。

艾米丽停下来,转过身。"霍尔特先生,"她说,"我能问你一个问题吗?"

"当然了。你妈妈雇我来,就是回答问题的。"

"问题可能有点唐突。"

霍尔特的一根眉毛向上一挑,"没事。"

"社会主义者,到底是什么样的人?"

"你这个女孩儿可真奇怪。"他像是在自言自语,"为什么问这个问题?"

"我听到一些事情,"她说,"我知道这和政治有关,但是我想多了解一点。"

"斯图尔特小姐想当社会主义者吗?"

艾米丽皱起眉头,于是他知道,她在等待一个认真的回答。

"好吧,"他说,"这问题就像在问什么是佛教徒一样,对不对?我想说的是,我可以告诉你我所认为的佛教徒是什么,我读过的书里对佛教徒做出了怎样的解释,但终究,我只能告诉你我的见解。"他停下来看了她一眼。"你能接受这一点吗?"他问道。

艾米丽点了点头。

"那好,社会主义者就是——"霍尔特先生站起来,手托着下巴,走了一圈,"社会主义者认为工厂、土地不应该属于公司或者富人,而应属于人民,也就是属于所有人。他们希望有一个不以利益为重的政府，想要创造一个为了所有人的福祉而共同努力的社会。"霍尔特老师说话的时候，并不像以往那么开心。他的声音原本张弛有度，现在却拘谨生硬，好像他的耳朵对那话语在拉文伍德巨大墙面之间的回音过于敏感："这个回答可以吗？"

"可以。我能再问一个问题吗？"

"当然。"

"你是社会主义者吗，霍尔特先生？"

他笑着摇了摇头："不，艾米，我不是。因为——嗯，这很复杂。可以说，我没有那种信仰所需要的乐观。"他顿了顿，又说，"我对人性的看法很悲观，认为那样的社会不可能存在。我也希望自己不要这么悲观。年轻的时候，或许还能积极一点。"

"世界上有很多社会主义者吗？"

"比你想的要多。俄罗斯有很多社会主义者几年前集结在一起，推翻了沙皇统治。这里也有着志向相同的人。"霍尔特先生目光闪烁，"我也有一个问题。"

"你说。"艾米丽说着，把双臂叠在胸前。

"这些问题和洛维瑞先生有关系吗？"

艾米丽突然闭上了嘴。

"因为洛维瑞先生以前在费城恰巧为一家社会主义报纸写过稿子，那是欧洲爆发战争的前几年了。你看，我也曾经认识两个社会主义者，看过一两篇社会主义报道。无论如何，那些文章已经消失不见了——所有的报纸都不见了：战争打响后，政府关停了那些报社和杂志社。我刚才说，我不信仰社会主义，但是看过几篇洛维瑞的文章。他的文字很有煽动力，满腔热血。他从不用自己的真实姓名，不过我说我认识一两个对本地社会主义学家很了解的人。我想他的父亲肯定也知道这件事。我不相信他没有提出要和儿子断绝关系。也许是血浓于水的缘故吧。"霍尔特说话的时候，站起身，观察着周围的一切，然后转身面对着艾米丽。"现在，"他说，"问问你自己，如果你能从通灵的事情中抽出一分钟：是什么东西让一个因父亲工厂里无数挥汗如雨的工人的劳作而获得巨大财富的人，写出了呼吁废除奴役工人、呼吁人与人之间团结友爱的匿名文章？"

艾米丽不知如何回应，茫然地看着他。

霍尔特先生看了看表："叫你哥哥去吧，艾米丽。我们下次再聊。时间过得真快。"

14. 个人的影响

　　8月的酷暑笼罩着拉文伍德，漫长的午后炎热而潮湿。到第一个周末为止，艾米丽和迈克尔已经和那些女士们见过三次了。第一次，她们向雷吉纳提出了一些寻常的问题：你和你的家人在一起吗？你怀念活着的时候吗？你现在过得好吗？艾米丽注意到，她们每听到一次回答都会叹息一声，小声说点什么，好像那敲击声是她们控制的，而不是她自己，自己似乎成了一个摆设。这种感觉倒没有让她感到不安，反而使她很舒心。对迈克尔来说，每次聚会都是一次表演，即使和妹妹已经配合得相当默契，已经没有任何中断或争执的可能。这是一场大型的实验，小心翼翼，精确计算，成果显著。艾米丽理解他，但自己并未深陷其中。她将注意力集中在女士们对意念发声的兴趣上，在她们的笑容里，一想到她们晚上躺在床上时，一切抛诸脑后的事物都不会离生活太远，便觉得欣慰。女士们的双眼注视着她的时候，她们便压低嗓音，好像在向她鞠躬似的——不过艾米丽无法时时刻刻思考这些事，脑海里只有她们夜晚孤零零躺在床上的画面。

那些小姐们总是恪守着礼仪规范，从不询问兄妹俩的母亲，也不过问他们家里的事。最私人的问题是在第二次聚会时，兄妹俩来到波默罗伊夫人的家中，女主人告诉他们："我们知道你们家里的遭遇。"凯瑟琳事先说过兄妹俩的谨慎和私密性，有时艾米丽觉得，最让人惊讶的是女士们竟能控制住自己的好奇心。

兄妹俩也与女士们渐渐熟悉起来。波默罗伊夫人那可爱的声音总是随着悦耳的歌声传来，原来她正在唱一首法国圣歌。拉迪莫尔夫人小时候坐着父亲的船沿着美国南部的海岸而来。她见过鲸鱼在日落时跳出海面，随后又一个猛子扎进水中，看过鲨鱼将海鸟猛地抓到水下。尼洛瓦夫人的曾曾祖母，不是曾祖母，据家里人说，是个伯爵夫人，但父亲不认她这个女儿，因为她和一个水手相爱了。索菲亚将细节讲给艾米丽和迈克尔，带着某种遗憾的语气，望着尼洛瓦夫人，见她无动于衷地坐着，看上去有些倦了。"都结束了，"尼洛瓦夫人说，"反正都过去了。"

萝丝朝兄妹俩探着身子："大革命，你们知道吧，废除了贵族制。"

"布尔什维克党，"索菲亚说，"结束了沙皇俄国。所以，即使她没有遇见那个水手——"

"还是这样最好。"尼洛瓦夫人说，"他们还能拿我怎么样？"

和女士们的第二次聚会时，迈克尔暗示大家让鬼魂们聚集起来。艾米丽说迈克尔的鬼魂比雷吉纳危险，雷吉纳好歹也是个真正的"人"。

"艾米,"迈克尔说,"她们不是想证明你做不到。如果是的话,我们根本就不会过来了。这一切对她们的意义比对你或对我的意义都重大。"

艾米丽望着水面,双臂抱着两腿:"我知道,迈克尔。你以为我不知道吗?"

"所以,下次我们召唤谁?"迈克尔说,"诗人,还是尼姑?"

第二次通灵聚会上,迈克尔介绍了笔记本上的几个鬼魂,告诉女士们,艾米丽发现她能穿过雷吉纳身体的时候,还不太了解死去之人的内在,有时这些陌生的魂灵做出的回应也含糊不清,隐晦无比。"这样,"迈克尔告诉艾米丽,"如果你不确定该怎么回答,不管因为什么,你都可以示意我,我就冲进来,安抚那些魂灵,给她们解释什么是'隐晦'和'模糊'。"

女士们听到这些很开心,安静地坐在艾米丽周围,听着敲击声回荡在她们空空的茶杯里。第三次聚会末尾,女士们热心地问了那个诗人很多问题——艾米丽每次都拖延很久才做出回答——尼洛瓦夫人从椅子上起身,跪在艾米丽面前,握着她的手。"艾米丽,"尼洛瓦夫人说,"你能感知到其他灵魂吗?除了这个诗人、尼姑和那些军人?"

"也许可以吧。"艾米丽说。

"他们总是先去找她。"迈克尔说。

"但你可以找到任何一个鬼魂吗?"尼洛瓦夫人问她。

"或许吧。"

波默罗伊夫人闭上双眼。拉迪莫尔夫人靠回椅背上。两姐妹呆呆地坐着。

"我可以找到任何一个鬼魂。"艾米丽说,"需要花点时间,不过——"

"你可以找到一个父亲、母亲、儿子吗?"尼洛瓦夫人问。她凑近艾米丽身旁,握着她的手,那粗短的手指温柔而有力:"那能不能找到丈夫?"

"有可能。"艾米丽说。

尼洛瓦夫人转身背对屋子里的所有人,对艾米丽露出一个转瞬即逝的神情。那表情差点让艾米丽失去控制。在这张脸上——艾米丽觉得在场的所有人都没见过——艾米丽看到一个变年轻却又更苍老的尼洛瓦夫人。出于礼貌,她很想转过头去,却竭力抑制着这种冲动。

"我试试吧,"艾米丽说,"我们一起试试。"

"太好了。"尼洛瓦夫人说,"好极了,好极了,你慢慢来,准备好了再来!"

第四次和女士们的聚会上,艾米丽和迈克尔带着他们精心准备的表演来了。

孩子们坐在河边聊天,讨论着未知的可能。当艾米丽和迈克尔走到波默罗伊夫人的房前,迈克尔试图理清他们的聊天内容。"他们必须问些简单的问题——这是'是'与'否'的魅力所在——但要是她们问出二十个问题来,想一探究竟,你就只回答雷吉纳的问题，说其他鬼魂的声音很微弱。"

"我知道该怎么演，迈克尔。"

"好吧，好吧，你要知道女士们很想和她们的丈夫说话，她们并不想看你出糗——那就像给巫婆卖黑猫一样，艾米！"

波默罗伊夫人的客厅里，女士们已经就座，她们的衣着好似一群参加葬礼的人。迈克尔对大家说："艾米丽花了很长时间在茶房准备这次聚会。"其实，自从上次和邻居家的孩子们聚会后，艾米丽根本没靠近过茶房，"她尝试了很多种方法，成功地感应到了一个最先同她说话的鬼魂。"

兄妹俩感觉到房间里的气氛和方才有所不同。女士们一动不动，好像比之前更安静了，隔壁房间里的钟表滴答滴答走着，迈克尔的话音一落，便是深不可测的沉默。

"那是我外祖母的鬼魂，格温多林·沃德。她1919年得了流感，在我们家后面的一间小屋里去世了。"

女士们点点头——她们也有家人朋友因流感而失去生命。兄妹俩清楚地知道他们的外祖母是在家后面的小屋里去世的，也知道她去世的年份大概是1919年。艾米丽隐约记得母亲说过一两次，当年她和迈克尔只有8岁，外祖母就去世了。艾米丽和迈克尔不确定她是死于流感还是肺炎。

迈克尔坐了下来，艾米丽开口了。"我和她的联络只能持续一小会儿，只能问她几个问题。"她说。

"这件事很费精力的。"迈克尔说。

"之后，我需要比平时更多的休息时间。"艾米丽说。

"我们不会耽误你太久的，亲爱的。"波默罗伊夫人说。

"我们就小试一下。"尼洛瓦夫人说。

"不能操之过急，"拉迪莫尔夫人说，"死了的人，总是由着性子来。"

大家点点头，表示同意。

"我们可以给每个人一次机会，寻找一个你们想见的鬼魂。"迈克尔说，"这对艾米丽来说是很困难的，但她已经做好准备了。所以大家仔细想想，要见哪一个人，每个人可能都需要几次聚会才能联系得上。我们也不一定能在今天下午都见到他们。和以前一样，艾米丽需要我们所有人的帮助，我们也要尽最大努力集中精力去感知他们。我们要祈祷艾米丽能找到这些鬼魂，必须从一开始就集中精力。"

女士们在艾米丽和迈克尔到来之前抽了签。尼洛瓦夫人抽到了最长的签，排在第一位。她坐在艾米丽面前的椅子上，内心激动而痛苦——向来强硬果敢的尼洛瓦夫人坐在大惊小怪的艾米丽面前，这个微笑着期望得到大家喜爱的女孩。艾米丽觉得尼洛瓦夫人神秘莫测，但她的脸上散发着青春的光彩，那光芒投射到了在座的其他女士的眼中。

"你选了谁，尼洛瓦夫人？"迈克尔问。

"我的丈夫。"她说。

女士们毫无反应，这个选择是不言而喻的。这让艾米丽想起了自己和迈克尔几年前参加过的婚礼上，一群伴娘簇拥着新娘，充满希望。

艾米丽看到尼洛瓦夫人的袖子里有一把银制切片刀。"您带来了他的东西吗？"她问。

在座的女士们都带着一个小包，装着曾属于逝者的物品。迈克尔曾建议大家带着这些东西，来试验一下，看它们会不会让通灵变得更容易。

"是的。"尼洛瓦夫人说。她拿出了一个生锈的笛子，上面的按键在尼洛瓦夫人的手中吱吱作响。

"你以前没说过你的丈夫会吹笛子。"波默罗伊夫人说。

"他小时候就会了，但是不常演奏。"

艾米丽接过笛子。当她的双手触碰到冰凉的金属按键时，她不禁打了个哆嗦。有那么一刻，艾米丽觉得这支笛子上残存的气息通过她的双手，灌注到了全身。

"好的，"艾米丽说，"他叫什么名字？"

"乔治·格里高利·尼洛瓦。"尼洛瓦夫人说。

艾米丽握着笛子，闭上双眼，在心中默数着。数到20的时候，她睁开眼，发现尼洛瓦夫人正看着她，那激动的神情稍显紧张。尼洛瓦夫人土黄色的脸上熠熠生辉，眼神闪烁。这张脸并不神秘莫测，但也让人捉摸不透。

艾米丽尽力克制着，以免禁不住伸过手去握住这位夫人有力的手，她长吁一口气。尼洛瓦夫人抿了抿干燥的嘴唇，扫视了一眼在座的其他女士。大家一动不动。尼洛瓦夫人又看看艾米丽。她说："乔治……你在吗？"

艾米丽装作聆听远方微弱的声音。过了很久，空气中突然响起了"咚"的一声。接着，又响了一声，那声音回荡在小小的客厅中，女士们伸长了脖子，好像从没听过这样奇怪的声音。

"尼洛瓦夫人，"艾米丽镇定自若地说，"我们可以开始了。你想问些什么？"

"能不能……"尼洛瓦夫人声音嘶哑地说。她垂下眼帘望着自己的双手，又看了看艾米丽手里的笛子，然后转过身去了。看到大家聚集在她身边，她说："你能不能原谅我，乔治？"

艾米丽的喉咙里像是卡住了东西似的，她清了清嗓子，然后有意让沉默延长了一会儿，想让自己突然加快的心跳平缓下来。吸气，等待。她张开嘴，看清了前方，感觉就连迈克尔也禁不住期待起来——即使他一定知道她的答案是什么，就像一个英雄总是知道自己会在一连串的险阻中生存下来，无论那灾祸是多么可怕。随后，波默罗伊夫人的客厅中传来一个声响，接着又响了一次，干脆而清晰。

尼洛瓦夫人的眼角流下一滴泪水。

她为这一刻等了好多年，过去的岁月啊。艾米丽拉长声音问道："你还有没有想问的？可以提一两个，尼洛瓦夫人。"

"有的，"尼洛瓦夫人说，"好的。"她问了两个问题，听到答案后，渐渐恢复了往常的平静。她的丈夫不再生气了，他已经放下了所有的痛苦和怨恨。尼洛瓦夫人伸手从艾米丽手里拿回那只笛子，心里充满了感激之情。

艾米丽眨了眨眼睛，流出一滴眼泪。她轻轻摇了摇头，感到快乐而又痛苦。

女士们静静地坐着。

迈克尔毫不遮掩地对妹妹投去赞叹的目光。他来到她身边，拭去她脸上的泪水，"你还能继续吗？"

艾米丽点点头。

迈克尔看着她的面容，背对着女士们，睁大眼睛说："好极了！"

她冲他摆了摆手。"我没事。"她说，"今天还有很多事要做呢。"

下面轮到拉迪莫尔夫人了。她带来了一件摔坏的瓷器，是她的婆婆留给丈夫的："几年前，我把这个盘子打碎了，不过，我一直把碎片放在厨房的抽屉里。"她把盘子的碎片递给艾米丽，盯着她的眼睛。艾米丽害怕自己的手再次颤抖，但是呼吸仍然平稳，手也没有发抖。

拉迪莫尔夫人没有流泪，只是一直看着艾米丽。她语气坚定而认真地对着周围的空气说："你还没有安息下来吗？"她问她死去的丈夫。

响起一次敲击声。答案是否定的。

"你最后见到上帝了吗？"

回答是肯定的。

"天使们会像小时候老师说的那样,唱歌给大家听吗?"

回答为肯定。

艾米丽按着额头,向前倾身,提醒迈克尔过去。迈克尔走到她身边,牵起她的手,对着她的耳朵小声说着什么。拉迪莫尔夫人仍然目不转睛地看着她。

"你还好吗?"波默罗伊夫人坐在椅子上说。

"我没事。"艾米丽摆了摆手说,"他走了,我留不住他。"

"那个男人,"拉迪莫尔夫人说,"很难搞定。卡尔是个铁石心肠的人。"拉迪莫尔夫人从椅子上站起来。"没关系,孩子。"她拨开艾米丽的一束碎发对她说。

"帮我倒点水喝,迈克尔。"

迈克尔到厨房去,拿了一杯水递给艾米丽,然后把手放在她的肩上。艾米丽喝完水后,迈克尔又拿来一把椅子,好让索菲亚和萝丝一同坐在艾米丽面前。索菲亚从包里拿出一件红褐色的毛衣,手肘的地方已被磨损。萝丝拿出一双开裂的皮鞋。

"我们想找到父亲,"索菲亚说,"塞缪尔·克雷顿·埃尔文。"

艾米丽将那件毛衣搭在双腿上,将那双鞋放在膝盖上。那一刻很安静,艾米丽用眼神告诉大家,塞缪尔·克雷顿·埃尔文已经来到波默罗伊夫人的客厅里了。

索菲亚提了几个问题,萝丝跟着点点头。

"你安息了吗,爸爸?"

肯定的回答。

"你能在那儿等着我们吗？"

肯定的回答。

"你忘记自己的承诺了吗？"

否定的回答。

这一次敲击声落下之后，萝丝直起身说话了。她的声音很低，勉强听得见："你知道我为什么不能告诉你吗？"

两次敲击声坚定地在墙壁之间回荡着。索菲亚牵起妹妹的手。

波默罗伊夫人坐在艾米丽面前的时候，椅子发出了响亮的摩擦声。她将一顶皱巴巴的棕色帽子递给艾米丽。波默罗伊夫人摸了摸脖子上的银制十字架。"别把你累坏了。"她轻声细语地说。

艾米丽闭上眼睛，这样就不用面对波默罗伊夫人喜悦的注视。她小心地拿着那顶帽子。波默罗伊先生生前出门的时候戴着这顶帽子，回到家又会把它挂起来，每周日都会把它摘下，来到有着穹顶的教堂里。那顶帽子盖在脑袋上，脑袋里装着一个人的思维，思维里装着一个人的内心。她准备好了，便睁开眼睛看着波默罗伊夫人，这比防止双手发抖或者控制敲击的声音和频率还难。这是一个关乎幸福的问题，她提醒着自己，这是一个用开心与希望代替死亡的机会。她点点头。

波默罗伊夫人清了清嗓。"汤姆？你……你现在到了那边，能不能理解这一切到底是为了什么呢？"

一下、两下敲击声，敲击声传至整个屋子，然后慢慢地消散了。波默罗伊夫人低下头，紧抓着十字架，准备问另一个问题。

15. 奥秘

几天里,艾米丽总觉得心烦意乱。上次和女士们聚会的画面还萦绕在脑海中,让她坐立不安,心神不宁。

很快就要开学了。她在寂静的房中游荡着(她的母亲和玛丽到城里参加银行的商会了;迈克尔到阿尔伯特·邓恩家里做客去了),想象着用意念发声的整件事只不过是暑假里打发时间的游戏,无法代替学校生活里的数学和文法。在她看来,这个游戏要有一个合理的了结。

来到第三层楼的大厅,艾米丽穿过那些空着的房间,往母亲的房间走去。母亲在家的时候,她很少会进去。母亲要是在家——尤其是在这间屋子里的时候——那里总有一种令人窒息的气氛,好像只要艾米丽进去,屋子就会逐渐缩小。母亲不在的时候,这里便是一个普通的房间,简单、低调、沉闷。艾米丽走到母亲房间的门口,把手放在门把上。她闭上双眼,想象着母亲屋里的样子:床上立着四根帷柱,窗外看得到河流,罗伯特和伊莲·沃德的画像中,罗伯特穿着一件白色的西服,搂着妻子,伊莲穿着黄色的连衣裙,戴着软帽，依偎在他的臂膀中。艾米丽转动了门把手，走进房间。画像中的人似乎正看着她从远处走来。他们对一切都了如指掌，而她却一无所知。

艾米丽走到母亲的梳妆台前，看着自己的身影出现在镜中。梳妆台的最上层干净整洁，只有一瓶香水和一把梳子摆在边上。艾米丽第一次注意到这样的摆放方式。台子上没有大大小小的相框，高高的镜子和镜框中间没有夹着照片，也没有首饰盒、音乐盒，更没有一抹灰尘。艾米丽突然想起，梳妆台面上干干净净的人一定将东西都放在下面的抽屉里了。艾米丽膝盖弯曲，打开梳妆台最底层的抽屉，里面盖着几层内衣和袜子，她把手伸进去，搜寻着藏在这些物品之下的秘密，然后关好抽屉。她明白，她应该马上离开母亲的房间，将一切物品位置还原。但是好奇心占了上风，这些小事已不在她的考虑范围内。她想起波默罗伊夫人的那顶棕色帽子，埃尔文先生穿旧了的毛衣和开裂的鞋子，越想越心烦，于是将这一切都抛诸脑后了。

最底层的第二个抽屉里有几件叠好的衬衫摆在一边。两本大大的相册放在一起，占据了抽屉的另一半。艾米丽把抽屉拉出来，相册的重量险些让抽屉倒在她的腿上。两本相册看着很眼熟，有一次朋友还是亲戚来访的时候，她曾见过，有几次还亲自翻开看了看。她知道里面有什么：许多父亲拍下的照片——有母亲的、父亲的、她自己的、迈克尔的，还有河流、海岸、圣诞节早上的场景。这次，她什么也没动，轻轻地关上了抽屉。

艾米丽注意到最上层抽屉把手的钥匙孔，潜意识里觉得很熟悉。她还没拉开把手，就知道接下来会发生什么：钥匙孔好像在诉说着一个预兆。抽屉开了一个小缝，然后轻轻地卡住了，另外两个抽屉关上的时候也发出了同样的声音。艾米丽下意识地抓住把手，用力拉了一下，好像坚持下去就会让锁住的抽屉打开。艾米丽知道锁的存在是为了隐私保护，也知道房子里的锁是用在外人身上的。室内的门上、橱柜上、箱子上、梳妆台上的锁保护着房子内的东西不被外界偷窃。

艾米丽和迈克尔坐在波默罗伊夫人的客厅里，被女士们包围。迈克尔来找艾米丽的时候，她有些抗拒，告诉他，开学之后，就不愿再继续做意念发声的游戏了。

"我认为我们要结束这一切的。"她对迈克尔说。

"艾米，我们之前不是这么说的，什么时候商量过的？"

"我们还要和他们玩多久？"

"当然是想玩多久玩多久。那些夫人们喜欢你，你怎么能扫她们的兴呢？这次，我们甚至用不着表演，要是你愿意的话再另说。咱们去看看会发生什么，至少会准备点心给我们的。别担心，我可不想一辈子和那五个老妇人待在那个客厅里。外面的世界大着呢，艾米。"

"好吧，迈克尔。但是咱们得说好了，我们去看那些女士，如果我心情好，愿意让她们高兴高兴，那就表演，要是我心情不好，和她们说我以后再也不去了，再也不做了……那也必须说到做到。

同意吗?"

"好的,艾米。你是通灵者。想要做什么,事先提醒我就好。"

"到时候你就知道了。"

"我别无所求。"

女士们见到艾米丽和迈克尔别提多高兴了。尼洛瓦夫人见到艾米丽,两眼放光,好像要送她一件准备已久的礼物似的。拉迪莫尔夫人给兄妹俩解释着大家如此激动的原因。"我们想,"她傲慢地说,"我们今天下午可以做点特别的事。我们觉得应该给你些机会,经历点不同的事。但是首先,我们得说清楚不同在哪儿。你们有没有看过纸牌?"他们都听说过吉卜赛人用各种东西解读未来的可能——纸牌啦,茶叶啦,水晶球啦——但是他们没见过真人的表演。

"这就有意思了。"拉迪莫尔夫人说。

尼洛瓦夫人说:"我来读,好吗?"她指了指波默罗伊夫人,说,"她也读牌。"又指了指拉迪莫尔夫人。"不过今天我来吧。"她看着迈克尔,"我还可以给你读牌——看看能发生什么。"

"我更想看看艾米丽的牌,尼洛瓦夫人。"

"我也是,我也是。"尼洛瓦夫人说着,将一副纸牌从口袋中拿了出来。

"塔罗牌很古老,古时候就有了。"波默罗伊夫人说。

"是的,"拉迪莫尔夫人说,"比耶稣还老,比摩西还老。"

"不聊历史了。"尼洛瓦夫人说,"这不是游戏,孩子们,懂吗?这很严肃,很正式。一切都在这副牌中:星球、世界、生命、死亡。懂吗?不相信,就算了。"她拿起纸牌,洗了一遍,像是准备放回包里似的。

兄妹俩向尼洛瓦夫人保证,他们明白这件事很严肃。

"我们应该可以开始了,巴希亚。"拉迪莫尔夫人说。

尼洛瓦夫人又洗了一遍牌。"很简单,又快又好。有些人觉得它很神奇。"她带着一点轻蔑的语气说,迅速瞟了一眼波默罗伊夫人和拉迪莫尔夫人。

尼洛瓦夫人熟练地将七张纸牌摆成一个"V"字形,对准艾米丽。"别乱来,"尼洛瓦夫人说,"来看看。"

尼洛瓦夫人把手指放在最左边的纸牌上。纸牌顶部写着罗马数字12,画着一个男人的脚踝被绑在一棵粗糙的树干上,倒吊在半空中。他虽然处境危险,但神情快乐,双手在背后握着。纸牌的底部,用古体文字写着"上吊的人"。

迈克尔嬉皮笑脸地看着妹妹。女士们都笑着点点头。

"嘘——"尼洛瓦夫人叫大家安静下来。

"这是好迹象吗?"艾米丽问尼洛瓦夫人。

"不是坏事——是好事,没错,是这样的。这个牌的意思是你在事物之间犹豫不定。纸牌不会撒谎的。你将要面临重大的选择,在不久的将来。"

尼洛瓦夫人将手指移到下一张纸牌上。她的手突然慢了下来——手指在这古老的艺术中徜徉着。第二张牌,写着罗马数字4,

画着一个帅气的男子坐在一个镶着珠宝的宝座上,右手拿着一把权杖。他戴着一个沉甸甸的金王冠,身披华丽的紫衣,只露出半张脸,这半张脸上,皱着眉头。纸牌下面写着"国王"。

"一个有权利、有威望的人,或许是你最近认识的一个人?这个人是个老师,对吗?"

艾米丽默不作声。

下一张纸牌上画着一个假笑的年轻人,带着三把剑,还有两把剑在他的脚下,一共五把剑。背景里,两个没有佩剑的男人偷偷溜走了。

女士们谈论起来,尼洛瓦夫人制止了她们。

"不好,有坏事要来了。"

"巴希亚。"波默罗伊夫人说。

"怎么?我会读牌。我都是照实说话,你想听谎言吗?想听的话,你自己看。我可不做坏人,有的人也许可以。"尼洛瓦夫人对艾米丽说,手指对着纸牌上那一脸假笑、手中持剑的年轻人,"有人要和你作对,你知道吗?"

艾米丽不动声色,看着尼洛瓦夫人。

"你很年轻,"尼洛瓦夫人说,"你充满了信任、希望?是的。但是要做好迎接坏事的准备,你必须多加小心这里——"她的手指从纸牌上抬起,按了两次太阳穴,"还有这里。"她那有力的手指向下滑去,到了心脏的地方,戳了一下,"真正的灾祸就要来了。"

第四张纸牌上画着一个穿着蓝色睡袍的女人，一手拿着一个卷轴，头戴银冠。纸牌上的数字是罗马数字2，名字是"女祭司"。

"啊，"尼洛瓦夫人说，"这张牌有关你的，呃，能力。你是个有天赋的孩子，天资聪慧，你对灵魂和天文很了解。你的记忆力很好。这些天赋给你带来了很大好处，不过这些我们都已经知道了，对吧？再看看这个，你有，呃，一种本能。你应该相信这一点。"

第五张牌，宝剑骑士，方向是反着的。这张牌上，有个骑士举起一把宝剑，神色坚定——骑着战马向艾米丽驶来。

波默罗伊夫人惊讶地呼出一口气。拉迪莫尔夫人发出一声低沉而关切的声音。

"嘘，"尼洛瓦夫人说，她瞥了一眼艾米丽，"不太好，这张牌讲的是欺骗。小心那些撒谎的人，尤其在这张牌之后……"她将另一张牌"五把宝剑"打了出来，"小心为上。"

艾米丽思绪万千，她心想，只是个游戏，就像我们的游戏一样，这只是一个游戏。

尼洛瓦夫人拿起第六张牌，上面画着裸体的亚当和夏娃，两人手拉手站在一棵苹果树下，一个天使准备将一支利箭射向夏娃，而一条蛇正盘绕着苹果树的树桩，这张牌名叫"情人"。"啊，对了。一个很重要的决定马上就要来了。"尼洛瓦夫人说，"一个重要的选择。你有先见之明，你可以做出选择，相信自己的眼光。"

一张标号为罗马数字16的纸牌，上面画着一个遭雷电袭击的塔楼，燃起熊熊大火。尼洛瓦夫人看着这最后一张牌，沉默了半晌，手指摩挲着卡片："塔楼。有大事要发生了——很危险——你要做好准备。"

艾米丽觉得舌头又干又涩。她看看在座的其他女士，大家都充满同情与关心地望着她。

"你会被人数落，"尼洛瓦夫人说，"但是你没有错。事情是会变的。你必须做好准备。我们都必须时刻做好准备，是吧？不一定都是坏事。也许等审判来临，你或许能获得自由。"她坐了回去。"这是什么意思？"尼洛瓦夫人说着，手在纸牌上面挥舞着，"你有你能做的事。你有好朋友，也有不那么好的朋友。前面是一段黑暗的时期，但是好日子会来的，在你还没意识到的时候就来了。它的意思是'小心！'纸牌上写着'小心，相信你自己'。"

艾米丽看着面前的七张纸牌。吊死的男人脸上的笑容逐渐扭曲，没有了祥和与安宁。国王紧锁的眉头让人神经紧张。那满脸假笑的拿着利剑的少年好像在说，虽然一切都按部就班地进行着，但现在连相信自己都是一个冒险的选择。女祭司好像并不想给出任何建议，双唇紧闭看着艾米丽，双眼又黑又大。

兄妹俩回家的路上，艾米丽想起那些摆在自己面前的纸牌中，只有那张"情人"牌看上去破坏力最大，其他纸牌都没有这样危险的警告——五把宝剑没有，吊死的人没有，塔楼也没有。"情人"将各自的命运交给了对方——他们望着彼此，背对着弓箭和毒蛇，并不是不知道这潜在的危险，而是相信彼此。这个选择就是他们的信任，一切都从这里发源——他们笑着，好像在说，我们知道，我们已经知道了，我们都知道。

"纸牌挺有趣的。"迈克尔说着，两人一起往家的方向走去，"她们的话让你心慌了吗？可别忘了现在谁是主人。"

"谁是主人，迈克尔？"

"你是，艾米。"他说，"不过我没必要告诉你这些。"

16. 鹅与坟墓

一个温暖和煦的下午，9月的第一个星期六，距离开学只有几天的时间了。艾米丽和玛丽绕着房子散步，沿着绿树成荫的小路蜿蜒而上。越走，离房子越远，她们之间的对话也披上了神秘的色彩。

"玛丽，你说，拉文伍德有没有鬼？"

"我不是个迷信的人。"这句话颇有点母亲的口吻，在艾米丽耳中盘旋着，然后回到它初始的地方。

"很遗憾，真的，"艾米丽说，"这个地方多适合鬼魂啊。"

玛丽露出若有所思的神情。她背着手，加快了脚步。

"怎么了？"艾米丽跟在后面说。

"我刚刚在想，每个地方都适合鬼魂生存，只要是有人的地方就可以。"

艾米丽急忙跟上玛丽："你在编故事，是不是？你编了一个鬼故事，不想告诉我。"

"不是什么鬼故事。"

"反正是个故事。"

玛丽瞪大了眼睛。

艾米丽停了下来:"求求你,你告诉我吧,只说一半实在是太残忍了。"

玛丽继续走着,拽着艾米丽的胳膊想叫她跟上。

"好吧,我觉得你母亲不是有意要瞒着你的,不然我也不会告诉你,这样你就不会没日没夜地求我了。你母亲总是说你长大了,应该知道家里的事了。"

"玛丽,快告诉我吧。"

"好吧。"玛丽轻轻捏了一下艾米丽的胳膊。

她们两人沿着房子的西边来到一个玫瑰架下面的白色长椅前。玛丽坐下后,艾米丽也跟着坐在旁边。

"我想想,"玛丽说,"这是你曾外祖父罗伯特·沃德的故事。时间大概是他将家里人带到这里之前,以及之后的一些事。沃德一家人以前在弗吉尼亚当种植园主,至少有十几个奴隶。其中一个奴隶名叫艾德琳·沃德。那时候,奴隶要冠奴隶主的姓。她比罗伯特晚生了几年,罗伯特是1823年出生的,我记得。罗伯特的父亲,和你外祖父重名的人,希望罗伯特得到好的教育。

"他努力让罗伯特受到一个绅士该有的教育。罗伯特后来考上了哈佛大学的商学院。他很聪明,数学特别好。反正——"玛丽吸了一口气,轻轻说道,"罗伯特的父亲对儿子的未来有许多设想。我猜,所有父亲都会这样。其中一件便是让儿子成为一个奴隶主,这样,当他长大成人,罗伯特就得到了两个奴隶和一匹马,这是父亲给他的礼物。其中一个奴隶就是艾德琳·沃德。罗伯特的父亲把这个礼物送给儿子,将罗伯特的玩伴转变为他的合法财产,和他的马、他的房子一样,可以转让。当然,在大家看来,沃德先生所有的奴隶都属于他的儿子——不过这是正式的,你看,这件事让罗伯特感到很别扭。说到这里,我应该告诉你,罗伯特其实爱上了艾德琳·沃德,想带着她离开,到一个可以和她结婚,但不会被人当成土地和人民的叛徒,当成不肖子孙的地方。大概是远方的某个城堡里吧。"

艾米丽看到了那座城堡,看到了海浪在古老的海岸上翻卷着。那是一个遗世独立的地方,一切都被保护了起来,遥不可及。

"罗伯特知道在父亲的世界中,他不能爱她,而对罗伯特来说,他父亲的世界就是全世界。罗伯特仍然是个年轻的男子,他的生活需要获得父亲的许可。当然,他的父亲知道他喜欢艾德,所以才会把艾德当作礼物送给他。我觉得沃德先生要是知道儿子的感情那么强烈,就不会这么做了。罗伯特悄悄向艾德示爱,就像他对沃德先生朋友的女儿示爱一样。他夜晚来找她,离家里很远,艾德会给他一点时间,让他向自己倾诉他的爱慕。当然,他完全没有必要向她示爱。那个年代,她对他来说本就是呼之即来挥之即去的。"

"她爱罗伯特吗?"艾米丽问。

"这个问题问得好。虽然我也不知道答案,但我觉得她是爱他的。无论罗伯特做错了什么,至少他爱着艾德。"玛丽继续说,"后来,罗伯特向她表白心意,她也给了他回应,于是故事开始了。他们成了一对情侣。你知道接下来发生了什么吧。艾德怀了罗伯特的孩子。沃德先生对此并不惊讶——他以前就知道儿子喜欢艾德，要知道，这样的事情并不少见。为了避人耳目，艾德藏起来了，直到那年11月的一个晚上，孩子要出生了。过程很艰难，艾德幸运地渡过了这一关，可那孩子不幸夭折了。"

"哦。"艾米丽说。

"那孩子是个男孩，罗伯特想要看看孩子。他第一次冲父亲发那么大的火，大闹了一场。沃德先生很不高兴。不知道他那晚和儿子说了什么，罗伯特突然一蹶不振，脸色苍白地来到奴隶们的房间来看艾德和那个孩子，一言不发。他叫另一个会做木工的奴隶做了一口棺材。棺材做好了，就搬到了小屋里。他把那孩子放进去，推着手推车，里面放着一把铁锹，消失在沃德先生那片田地后面的森林中。自此，父亲的家中再也没人提起过那个死婴。

"一切都结束后，罗伯特离家求学，时间慢慢过去。罗伯特经常回家来看看，陪陪艾德，却再也没有追求过父亲朋友们的女儿，学校里也没有喜欢的女生，据我所知是这样。有的男人是那样——他们心里住着一个人，就这样。他们会毁了自己和以后遇到的所有女人，他们会让一切都分崩离析。有的人觉得这很浪漫。"

艾米丽觉得这样的故事特别凄美。

玛丽继续说道："过了很久，罗伯特和艾德都老了。罗伯特来到父亲的农场，又走了，后来又回来了。终于有一天，他娶了一个几乎不认识的年轻又漂亮的女人——不知怎么回事，他父亲说服他向她求婚，他们就结婚了。罗伯特是个富有激情、情感细腻的人，但是内心脆弱无比。很多人都是这样。他在19世纪60年代娶了伊莲·米尔福德，那时候战争还没结束。罗伯特年轻的时候曾经从马背上摔下来过，一条腿落下了病根——你应该听说过。所以你在有些照片里会看到他拄着拐杖。反正，他没法继续作战，于是结了婚。罗伯特和伊莲有了一个家，你也知道。他最后离开弗吉尼亚，搬到这里来，建造了这座房子。他把艾德也带过来了——她的存在比伊莲还要久远，也会一直存在下去，这都要看罗伯特的意思。罗伯特离开弗吉尼亚的时候40多岁，艾德也是40多岁。罗伯特把艾德带到宾夕法尼亚州，许多年过去了，可是他的妻子不喜欢艾德。沃德夫人不聋不哑不瞎，她把艾德看成敌人——一个快要赢过她的对手——因为她的丈夫爱着她。就算这样，罗伯特还是把艾德带回了他的新家。可以说，他以前很脆弱，后来强硬了。一天，你的曾外祖母决定让艾德离开拉文伍德。不知道她是怎么劝说他把艾德送走的，最后他真的照做了——他托一个可靠的朋友给艾德在纽约市找了一个清闲的工作。罗伯特唯一不愿做的是把艾德送回南方，那里，她虽然会获得法律上的自由——那个时候，虽然战争已经结束了，但她将永远被视为奴隶。所以罗伯特把她送到北方，给一个声望很高的外科医生兼教师做助手。她在那里住了几年。罗伯特一有时间就去看望她，他的妻子知道，那些所谓的出差，并不是真的出差。后来，罗伯特让艾德——求着她——和他一起去欧洲，但被她拒绝了。一天，艾德辞去工作，离开了纽约。她给罗伯特写了一封信，说她要去找罗莎琳——比她大几岁的姐姐。艾德的姐姐和艾德是同母异父的姐妹，她们的母亲是乔安娜，而罗莎琳的父亲是个自由的黑人——他从罗伯特的父亲那里赎回了女儿的自由。于是艾德来到罗莎琳的住处，并让罗伯特不要再来找她。她告诉他，他应该和妻子好好生活。罗莎琳几年前嫁给了一个叫诺曼的人，生了几个孩子。有个孩子叫米切尔，是家里最小的孩子。米切尔娶了一个叫阿曼达·摩尔兰德的女人，生了几个孩子。两个孩子活了下来，那个时候，孩子很容易死去，或者因为感染，或者因为发烧，各种各样可怕的疾病。其中一个孩子叫诺玛，另一个孩子就是我。"

艾米丽望着草丛——然后突然转过头来与玛丽的视线碰了个正着。她也听说过玛丽有个姐姐，也听说过她姐姐的名字叫诺玛，但是玛丽从没主动提起过。

玛丽笑了："是真的。"

"所以米切尔和阿曼达是我的父母，罗莎琳和诺曼·帕特森是我的祖父母。艾德·沃德是我的姨祖母。"

"我妈妈知道这些事吗？"

"当然知道了。"

"那你怎么没告诉我——"

"我现在告诉你了，"玛丽说，"这件事不适合讲给孩子听，对吧？但是你长大了，艾米丽。好了。"她好像终于讲到了之前提到鬼魂便一笑而过的部分，"当罗伯特·沃德正准备回到宾夕法尼亚的新家前，他先带着一把铲子、一辆手推车和一个灯笼，在天黑之后来到父亲的庄园。我刚才说了,那时罗伯特40多岁,已经20多年没有下地干过活了,但是他不准任何人帮忙。罗伯特——就当他是在出差的时候——在那天晚上和艾德带着那个小盒子坐火车来到宾夕法尼亚,在车站雇了一辆马车来到拉文伍德,天亮之前,把盒子埋在家中的某个地方,那里成了一个没有墓碑的坟墓。故事就是这样的。"

艾米丽停下来,"埋在了哪儿?"

"我不知道在哪儿,艾德没有告诉她姐姐。其实,我母亲都不确定这件事是不是真的发生过,但是我觉得是真的。"

艾米丽环顾着四周,突然觉得这熟悉的一切变得陌生起来。"什么地方都有可能。"她心里想着,低下头看着脚下的大地。一想到有这么一个东西——这样的思绪从她的大脑中最古老的部分贯穿到她的脊柱,使她禁不住打了个寒战。

"鹅群穿过了你的坟墓?"玛丽说。

艾米丽笑了,那种感觉消失了。她想起玛丽第一次和她讲这个故事的情景——"鹅群穿过你的坟墓"表示突然的冷战。艾米丽当时反驳她,说自己没有坟墓。玛丽温柔地说,鹅群走过的地方就是你未来的坟墓。艾米丽感到害怕而恼怒,这种感觉比那不可阻挡的冷战还要可怕,它颠倒了过去与现在,她孤独地站在那里,低头凝视着脚下的草地。

"你说的这些都不是开玩笑,对吗?"艾米丽在玫瑰丛中问。

"我发誓,我不是。我不是无意间来到这里工作的,艾米丽。

我刚来的时候,是想离开巴迪摩尔,因为个人的原因,我来到这里,应聘了工作。你猜怎么着?他们同意雇用我了。我很快就适应了这里,而那座神秘的坟墓也为这里增添了一些吸引力。那些老房子里到处是鬼魂、隐形门。有个传说,说地下有个秘密通道,从房子通向庄园的某个地方。还有一些闲言碎语,和这个秘密通道有关——海盗的宝藏、逃跑的奴隶,等等。这些故事像梦中的历史,而不是事实,但它们一开始就紧紧地扣住了我的心。"玛丽站起来,抚平衬衫上的褶皱,"后来,我就开始照顾你的母亲。"

艾米丽看着清晨微光下一座坟墓旁的夫妇的影子。借着灯笼的光,她看到坟头上满是尘土。

"好了,艾米丽,回到现在。"玛丽说着,往房子正面走去。

艾米丽还在树丛中。她再一次坐下来,看着脚边绿草和蒲公英下面的泥土。她的血液和玛丽的血液,正在土壤的某处流淌着。她感觉到黑暗中,凉爽湿润的土地里,埋藏着的那个婴儿的棺材。

艾米丽在外面待了一会儿,最后从椅子上站起身来,沿着河边的小路走着。她在思考什么样的地方适合埋葬小的棺材:院子阴凉处的几棵松树下,家中最远处的马棚之后(现在,她觉得那里像个洞穴),或者茶房下面。她沿着小河越走越远,听到水花飞溅和哥哥的笑声。他大喊着,笑得更开心了。但是她听不清迈克尔在说什么,她知道他一定在嘲笑某个人,这个人有可能就是阿尔伯特·邓恩。艾米丽小心地迈着步子向前走去,好听清他在说些什么。

"晚上,阿尔!他们晚上就会从河里上来。谁听说过大白天会闹鬼?"迈克尔狂笑不止。

"我不明白白天和这有什么关系。"阿尔伯特说。

"得了吧,阿尔伯特!你就这么点本事?"

艾米丽站在一棵树后,离阿尔伯特·邓恩只有几码的距离。邓恩背对着她。迈克尔扎进河里,潜到最底部,艾米丽看不到他。

"阿尔!天哪,夏天过去了!你到底要不要跳进河里?"

阿尔伯特低头看着水面。艾米丽想象得到阿尔伯特此刻脸上的表情。

迈克尔愉快的声音传上岸来:"阿尔伯特,你是我见过的最懦弱的人——你是怎么忍受自己的?你可真没用!艾米丽比你强两倍!"

她突然跑了出来。

阿尔伯特猛地一转头,差点跌下河岸。他错愕地看着艾米丽,好像她出现的时间不太合适。

艾米丽冲到岸边,低头瞪着哥哥。迈克尔在徐缓的水流中游了一圈。他的衣服零散地放在岸上。他抬头看着她,惊讶不已,然后笑了起来:"艾米来了,要不要游泳?"

阿尔伯特悄悄从旁边溜走,急匆匆跑到了树丛中去。

"闭嘴,迈克尔。"她说。

"好啦,艾米,我开玩笑呢。他是个懦夫——反正你知道的——"

"你非要这么刻薄吗,迈克尔?有这个必要吗?"

"冷静点。"迈克尔说。"阿尔伯特去哪儿了?"他问道,然后换了仰泳的姿势懒散地划着水。

"他走了。玩笑应该到此为止。"

"他害怕河里的鬼魂,艾米,就是那些去到茶房的鬼。"

"你告诉他,那些鬼魂是从河里游上岸来到茶房的?"

"就是我们告诉他的那些鬼。"迈克尔心平气和地说,"我觉得他可能很怕水。大白天的,谁会怕鬼呢?"

"这不重要,迈克尔。"艾米丽呆呆地说。

"他不会有事的。所以,艾米,你要不要来游泳?"

她看了他一眼,然后转头往家的方向走了。

"别扔下我!"迈克尔的声音从身后传来。那水花飞溅的声音也传到了卵石小路上:"一个淹死鬼——这是你想要的吗?转过身来,就能看到了,艾米!"

艾米丽步履沉重地回到家里,全身僵硬。

1914年5月12日
星期二早上

内奥米·斯图尔特发现她的哥哥迈克尔早上8点钟睡在后门的门廊上,脑袋挨着肩膀,脚上穿着磨损的鞋子,双脚盘绕在一起,两手相握,放在腿上。他的样子像是几分钟前刚刚睡着,也许是和某个人度过了愉快的闲聊,并不像是快天亮才回来,满身烟酒的臭味,睡了几个小时的样子。他的夹克和裤子皱巴巴的。内奥米来到他身旁,为他拨开额头上的头发,这时,几块污渍引起了内奥米的注意。她凑近一看,迈克尔脸色沧桑,不像是刚刚26岁的人。内奥米坐在迈克尔身旁的椅子上,喝着咖啡。唐纳德一个小时前已经去办公室了。他们俩的孩子才两岁,通常7点起床,现在还在睡觉。内奥米一整个上午都没有听到母亲的声音。玛丽在房里看报纸,听广播。平时,玛丽会和内奥米一起喝咖啡,她是今早第一个看到迈克尔睡在门外的人,还叫内奥米不要太过苛责他。

内奥米发觉到他的注视,便转过身。迈克尔冲她笑了笑,勉强睁开了眼睛,"早上好,亲爱的。"内奥米还不到21岁,从没想过她应该当他的母亲还是妹妹。

"你又起晚了。"她说。

"以后还多着呢。"迈克尔冲她眨了眨眼睛,"谢谢。"

"你昨晚开心吗?"内奥米问。迈克尔前几周刚从法国回到家里,然后就去纽约看望一位朋友,一看就是好几天。像这样的日子,迈克尔又过了一年。

"我都会尽力让自己开心。"

"那天晚上,艾米丽和迈克尔享用了你的蛋糕,他们还吹灭了蜡烛。"

"你看吧,你不也过得很开心嘛。和美丽的孩子们一起吃蛋糕更开心。"

内奥米喝了一口咖啡,没有说话。

"我不用告诉你今天是什么日子了吧。"迈克尔说。

内奥米点点头。

"他当时19岁,你比他大,我以为你永远不会超过13岁呢。"他们的哥哥,梅金泰尔在8年前的这一天去世了,他在美西战争后美军占领菲律宾的过程中,被叛军杀害了。"梅金就是希望。他是个绅士的军人。现在就看你的了。"迈克尔拿出一根香烟,在手背上掸了掸,然后点燃了。"我想,等我老了,也会过得不错,你知道的。我有那无聊的回忆陪着我。有时我不敢相信梅金就为了保卫一个国家的种植园而牺牲了,而过了4年,叛乱就结束了。"

内奥米回忆起迈克尔听到梅金泰尔的死讯后,跌跌撞撞地从河水中走出来，摔倒在草丛中的画面。那是1906年的初春，鸟儿的啼啭回荡在凉爽的风中。迈克尔当时18岁，内奥米跟在他身后，他们的父亲从房中出来，牵起她的手，将她带到屋里。她看着趴在岸上的哥哥，直到父亲将大门关上。那年夏天，乔纳森·沃德第一次发现迈克尔将威士忌带进了家里。父亲将杯中的酒倒入厨房水池里的时候，迈克尔冲妹妹眨了眨眼睛，父亲用冰冷、镇定的语气告诉他们，不许再带酒回家。秋天到了，迈克尔未经父母允许便在酒吧里举办了一个万圣节派对，大家从地下室冲了出去，结果，四个木制宝座上的骷髅和吸血鬼们用蹩脚的耳语向小精灵和女巫们招手，在大厅里追着他们跑。迈克尔，穿成爱伦·坡诗作中身披红色斗篷的人，画着红色的骷髅头，逢人便警告他们不要打扰派对上年仅13岁的唯一的家人——内奥米。人群中传来阵阵嘘声和吼叫，但是大家都没有违反他的命令。迈克尔从楼梯上的栏杆滑了下来，身后的红色斗篷翩翩飞舞，最后撞倒了父亲在托斯卡纳旅行时带回家的但丁雕像，然后兴奋地宣布派对的圆满成功。迈克尔躺在一堆杂物中间，说："维吉尔，你现在到底在哪里？"内奥米记得客人们很快便离去了，像孩子一样一下子全跑掉了，有的人叫她给迈克尔盖上毯子，就不用再管他了。

1914年的那个星期二一早，门廊上，内奥米说："你没有过生日，妈妈很伤心。"她的声音轻柔友好，好像在一本杂志上看到一篇有趣的文章一样。她没有看着哥哥，但他能感觉到她的关心。"她饭后就上床了，几乎什么也没吃。"

"妈妈很伤心",他们的父亲经常这样说。这句话激起了兄妹俩童年的回忆——他们的母亲从家中消失的那些年,他们听过许多传闻,却只能保持沉默,等风头过去。

迈克尔说:"她最近经常在床上待着,是不是?"

"自从父亲去世后,她更不愿意下床了。"

他抽了一口烟,看着河水。内奥米喝了一口咖啡。

"他们两个人,"迈克尔说,"异性相吸不是吗?他们应该在太平间结婚。"

内奥米看了一眼迈克尔,他的笑容消失了。

"我猜,你马上又要离开了。"内奥米说。

"你懂我的,无拘无束。"

"我本来希望你能在这儿过完夏天。孩子们喜欢你——他们觉得有个陌生的舅舅在家很好玩儿。"

迈克尔抽了一口烟,对着河水笑起来。

"好多人离开了,"内奥米说,"这里有时候就像个废弃的火车站。"

他笑了一声:"你有两个孩子和一个恼人的母亲。我打赌,有一天你会觉得废弃的火车站是个好地方。"

他们沉默了一阵,但并未感到不快。

"他爱你,你知道的。"内奥米说。

"我知道,内奥米。真希望那样能改变些什么。"

她想起她又一次发现迈克尔在茶房睡着的经历。那是梅金泰尔去世后的一年。他的双脚放在桌上,身旁的地上放着一个空酒瓶。

瓶身的标签和瓶塞下面的嵌线上沾了几片污渍，里面发出一股浓重的潮湿气味。她不知道他在那里多久了，也没见他往茶房里去，但是她一直坐在门廊上练笛子，她父亲以为她可以在晚上演奏给母亲听。内奥米将酒瓶放进迈克尔的外套口袋里，他动了一下，一把铁钥匙从口袋里掉了出来。那是一把长长的熟铁钥匙，上面刻着一双手捧着一颗心，末端有一个皇冠。钥匙吸引了她的目光。迈克尔醒了，轻轻将那把钥匙和酒瓶拿过去，放在口袋里，双眼睁开一条缝。"嘘，"他说，"不要放弃，亲爱的。"然后又闭上了眼睛，好像从没醒来过似的。

乔纳森·沃德将原来的花园房改造成了一个休闲娱乐的地方，在内奥米18岁生日时送给了她。玛丽，内奥米的保姆，最先管它叫茶房，还让内奥米把她的洋娃娃拿到那里举行了一个派对。迈克尔管它叫俱乐部，在那里教给内奥米玩纸牌和如何宣誓。他们把手指缠绕在一起，让约定的期限延续到永远。

迈克尔在门廊的椅子上伸展身体，掏出怀表看了一眼："好了，我要去赶火车。"

"现在？你还没吃饭呢。"

"马上，不到半小时了。我得走了——还好行李已经收拾好了。"他拿起行李箱，在内奥米的脸颊上亲了一口，"替我抱抱孩子们。"

"他们一定想和你亲口道别的，迈克尔，我敢肯定。"

"我只是去纽约。"他说，"好吧，或许还要去伦敦。那要看我朋友们的行程。但是我会很快就回来的。"他透过窗户望向走廊里的玛丽,"我最好给她个机会,在我走之前,警告我别出岔子。"他打开门的时候,玛丽从报纸中探出头来,好像知道了将来要发生的一切。

内奥米在前门廊上拦住了他,拉起他的手:"不知道哪次是最后一次见你。"她从睡袍口袋里拿出一个装了纸币的信封,放到他的手中,"去到哪里都要发个电报。"

"没问题。"他说着,又吻了她一下,可电报从未发来。内奥米闻到他身上刺鼻的酒气,不像她在后面门廊上闻到的那种陈腐气味。迈克尔来到晨光下,顺着小路匆匆走了。他哼着《共和国战歌》,就像以前梅金从西点军校回来的时候,在他耳边哼唱着捣乱一样。内奥米看着他离开,直到他走到大街上,消失在视线之外,才关上了门。

1912年6月23日,内奥米生下了兄妹两人,唐纳德也遵从了妻子的心愿,给男婴取名为迈克尔。"我觉得一个名字算不上诅咒。"唐纳德说,于是就这样取名了。如果她想要解释自己的想法,内奥米也许会告诉唐纳德,有一次她和迈克尔一起忍受着父亲长久的沉默,在茶房里的纸牌游戏,以及一个冬天的下午,她和迈克尔带着雪橇到离家几个街区远的一座又长又缓的山坡上滑下;她也许会讲起迈克尔开过的玩笑和雪地里摔倒好几次的丑相——这都是为了让她开心;讲起迈克尔翻跟斗,脸朝下倒在雪地里,她坐在雪橇上开怀大笑;讲起迈克尔的笑声,弥漫在雪地间,穿过寂静的冬日午后,他笑得浑身颤抖,最后躺倒在晶莹透亮的雪地里。

Part 4

17. 木已成舟

开学第一天,玛丽开车送艾米丽和迈克尔去圣安妮主日学校,这样的日子要持续到6月底。一片茂密的草坪沿着巨大的大理石台阶向上延伸,校外坐落着一片密不透光的树林。教学楼又长又矮,像一座修道院,粗壮的柱子在一楼的地面上矗立着,形成长长的影子,神秘莫测。圣安妮不是寄宿学校。两层的教学楼上包含了足够的教室、一间简陋的学生会办公室和一间小小的教师办公室。圣安妮主日教堂立在学校外面,是一座古老的哥特式建筑。拱心石上模糊的字迹依稀可辨,写着1711年。每天中午,教堂尖塔上便传来古老的钟声,那声音穿过石厅。窗外落进来的灰尘在阳光下闪闪发亮。

汽车沿着弯曲的车道驶入圣安妮学校,艾米丽看着车窗外的小学校,想起这将是自己在这里度过的最后一年,来年秋天她就要到离家更近的一所贵族私立中学读书了。艾米丽看着一群修女从一座灰色石头砌成的修道院里走出来,那里距离学校大概有100码的距离,在绿树之间隐约可见。她们的衣服像黑色的翅膀,翩翩飞舞。

艾米丽想象着位于学校中央的黑色铁门和大厅，将男生和女生分隔开来。正因这扇大门，那些青春的爱恋显得更加危险而诱人了。修女们看不到的地方，也见证了无数个紧张不安的亲吻。艾米丽并不是这冒险中的一员，但是也听说过不少传闻，还亲眼看见过几次。有一次她转过墙角，看到一个朋友，劳拉·卢斯威尔，匆匆跑到门口亲吻一个眼睛乌黑的瘦削男孩，那一刻是属于她的时刻，会在圣安妮的记忆逐渐退化为一个个模糊的碎片后，仍然刻在她的心中。她没对别人说过这件事，但后来经常想起它。

学校里的孩子们对通灵的事毫不知情。谁也没觉得艾米丽有什么天赋异禀，她不过是圣安妮学校里的一个普通孩子罢了。这一点让艾米丽感觉很舒服，茶房、意念发声、五个女士和她们逝去的爱人渐渐在脑海中变得模糊了。

开学后的第一个周五下午，艾米丽坐在特拉华河边，腿上放着一本《圣经》。玛丽刚刚把孩子们从学校接回家。还来不及换下灰白色的校服，艾米丽便跑到河边坐下来，完成她的作业——阅读《圣经》。她的老师叫克鲁瑟斯，一个温声细语的男子，他告诉同学们周末阅读他在开学第一天分发出去的英王钦定版《圣经》。艾米丽一边读，一边认出了一些阿特金斯牧师在周日上午布道时讲过的文字，那时，斯坦·洛维瑞也在拉文伍德。"百川归海而海不盈。"她念道。

她的母亲从房中出来，穿过草坪，来到艾米丽身旁："裙子会弄脏的。"

"我坐着不动就没事。"

"你就喜欢这样玩儿，是不是？"母亲说着，理了理裙摆，在艾米丽旁边的草地上坐下了。母亲看着那本打开的书。"《传道书》。"她大声朗读着，望着河流的远方，"已有的事，后必再有，已行的事，后必再行。日光之下并无新事。"

艾米丽从书中抬起头来："你都记下来了？"

"没有，记住了一部分。我不想打扰你学习，艾米。"母亲说，但没有起身离去的打算。

"没事的，妈妈。"

一群鹅在河中来回游荡。它们有时将脑袋扎进水中，然后再伸出来，抖掉身上的水珠，溅起一小片水花。艾米丽和母亲看着鹅群，母亲说："艾米，你知不知道，你的父亲原来想做一名考古学家！"

艾米丽看着母亲的脸，母亲的视线游移在河面与鹅群上，又好像什么也没看。

"考古学家？"

"对，我刚刚想起来。"斯图尔特夫人转过头看着艾米丽，"你知道考古学家是干什么的吧？"

"知道，他们挖掘尸骨什么的，对吧？"

"他们挖掘很多东西，箭头啦，坟墓啦，地下城市之类的。"

"我听说过。"艾米丽说。

"你的父亲，"母亲说道，"本想做这个职业。他准备上学的时候，他的父亲——你的祖父——坚决不同意。他说，考古学家就是挖死人骨头的，不过那语气可不像你这么好。他觉得这个想法很荒唐幼稚。"她一手托着下巴，看着鹅群，"你的祖父心地并不坏，只是很固执。他对世间的职业自有一套理论，把平地挖开，找点矛形刀尖并不在他的考虑范围内。他觉得医生是个不错的职业。你的父亲又很聪明，对所有事情都很感兴趣，而且这样也能让父亲满意，所以他就成了一名医生。"她再次转身看着艾米丽。"他是个非常优秀的医生。"她说。

"我知道，妈妈。"

"我记得你父亲有一次对我说，一个考古学家眼中的遗址是什么样。看，那边。"她举起手，指着河对面新泽西州树木茂盛的堤岸，"看到那茂密的树林了吗，还有悬崖？你父亲有一次指着那里告诉我，一个考古学家会观察这一切，想象那里的地下会是什么样子。他说人的眼睛是用来观察人类对自然的所作所为，或者去认识人烟繁盛的地方的。在这些地方的地下，就是他们寻找的东西——被人们埋藏的东西，以及被时间埋葬的东西。"

艾米丽的视线穿过特拉华河，一直望到那茂密的森林。她想象着埋在地下的骸骨、古老的工具和箭头。当然，她想过，那里也许没有这么多东西，但如果有一半、几个，或者一个的话……

"你的父亲，"她的母亲说，"总是对事物之下的事物更感兴趣。"

艾米丽点点头:"大家不都是这样吗?"

"没有你想得那么多。"

她们俩看了一分钟鹅群,听着树林中温柔的风声,没有刻意等着对方继续说下去。最后,母亲说:"你父亲在法国的时候,我收到了他寄来的一封信。他在信中讲了讲当时的战况,还说他有时候觉得自己没法再继续工作了。这话听着就像弗兰肯斯坦,是不是?你父亲就是这么写的:'我觉得自己就像弗兰肯斯坦,内奥米,唯一的不同点就是,我没法让人起死回生,我只能救治活人,让他们不会死去。'"

艾米丽朝母亲眨了眨眼,但是斯图尔特夫人的脸色仍然淡漠而遥远。艾米丽拉过母亲的手。斯图尔特夫人也握了一下,然后抽回手去,将双臂叠在胸前。"我们都有想要做的事,"她说,"我年轻的时候,以为我会成为一名作家。"

"作家?写书的?"

"是啊。"

艾米丽很少看到母亲读书,只见过她看报纸和杂志。

"你喜欢看书,可不都是遗传你父亲。"斯图尔特夫人带着克制的笑容说,"我以前也活在小说的世界里——夏洛蒂·勃朗特,简·奥斯汀,狄更斯。我以为我也能对人生、对世界发表一些见解。你看小说不就是为了这个吗?"

艾米丽望着母亲,微微张开了嘴。她点了点头,是的,她看小说正为此意,但是她从没这么想过。好像母亲将手指放在艾米丽的太阳穴上,说,我知道你心里在想什么。

斯图尔特夫人拍拍艾米丽的膝盖,站起身来:"玛丽在沏茶,你也来喝一点吧。你哥哥在哪儿?"

"他换了衣服,去看阿尔伯特了。"艾米丽说着也站起身来。

"不知道那男孩子怎么能忍受得了你哥哥这么折磨他。"

"迈克尔没有折磨他,"艾米丽说,但马上又为自己的话语感到奇怪,"他和阿尔伯特就是男孩子之间的友谊。"

"是的,应该是这样。他们长大了也不会变。但你终究会发现的,就像你逐渐看清一切一样。"母亲转过身,向家里走去。艾米丽看了一眼对岸的新泽西,然后跟在母亲身后走了。目之所及,那些树木好似沿着特拉华河一直延伸到大西洋,那里有无数根破碎的箭头,讲述着过去的故事;树上也在发生着新鲜的事,地下的故事也在等待着发掘,土地一层一层累积,故事也随着一点一点堆叠。

18. 一束光

9月的第三个星期,一个寂静的早上,连续几日的大雨终于停了。天还没亮,艾米丽就醒了,在床上躺着,怎么也睡不着了。窗外,东边遥远的地平线上,她看到了一抹粉色与蓝色的天光,慢慢向着夜空和群星铺展开来。艾米丽逐渐意识到那飘飞的窗帘后面正袭来一股干爽的气流,充满了遗忘与记忆。那股气流戳到了她心底某个陈旧的地方,说,夏天过去了。

几个小时后,艾米丽和迈克尔下了车,往圣安妮学校的大门走去,艾米丽沐浴在阳光下,想起了清早发现的秘密。地上还绿草如茵,树木也绿意盎然,但空气中充满了秋天的况味。艾米丽知道,一旦变了季节,万物也会跟着变换。还没走到楼里,迈克尔说:"有什么事让你这么开心?"

那天下午,艾米丽坐在拉文伍德前厅里的一张旧椅子上,暮光照在艾米丽身上,她的腿上放着一本书——《弗兰肯斯坦》。她快要睡着的时候,前门响起了一阵敲门声。她顿时睡意全无,那本书也差点掉在地上。

不，她在恢复意识之前的一刻想，还不到时候。她看到霍尔特先生带着他一贯的表情站在门廊里："艾米丽，你好啊。"

开学后，他们有一个礼拜没见面了。艾米丽以为这一年都不会再见到他了。霍尔特先生手里拿着一个大大的皮箱。他冲她晃了晃皮箱。"我把那幅画给你带来了。"他说，"我想你会想要看看的。"

"哦！"艾米丽说着，赶忙招呼他进来，"你能想起我，真是太好心了，霍尔特先生。"

"哪里哪里，本来就要给你的。"他从箱子里拿出一张画布。他环顾房间四周，想找个光线好的地方，然后走到艾米丽经常看书的窗边。"啊，制造怪物。"他看到椅子上的那本书，说道。他转过头看看艾米丽，她还站在大门附近。霍尔特先生把画布放在椅子上，好让阳光照在上面。

艾米丽穿过房间，走到画布跟前。上面画着茶房和卵石小路、草坪和绿树，以及蔚蓝的天空——有些细节浓墨重彩，有些一笔带过。阳光并未照亮画布上的颜料，让其有流动之感，反倒让每一笔都像是浮在画布上似的。画中还有个女孩，透过窗户向外望去，窗玻璃上画着一个回望的倒影。那女孩显然是艾米丽，身形一样，发色也一样，窗户上的倒影也是她的样子，表情惊异无比。

"画得真好。"她说。

"谢谢你，看来这幅画没白费工夫。"

"你画了我。"

"没错。"

"你把我画在作品中。"

"我说了，你是这幅画的灵感之一。我不想只画这座小房子，它需要点……人气。所以就有了你，望着鬼魂，寻找着其他的事物。"

艾米丽关注着窗玻璃上那张惊异的面庞："寻找什么？"

"我不知道。"霍尔特想了一会儿，"想想你希望那里有什么。"

"这幅画叫什么名字？"艾米丽问。

"我还没想好。叫'茶房'会不会太明显了？"

"'意念发声'怎么样？"她说。

霍尔特先生好奇地转过头来看着她。"你这个孩子真奇怪。"他说道，"意念发声？"他又看了一眼那幅画，再看看艾米丽，"很不寻常的名字……不过挺合适的。"

"当然，你想起别的什么名字都可以。"她说。

"不，还是你来起比较合适。"他说。

"我去叫妈妈。"艾米丽说，"她会喜欢的。"

她上楼的时候，又转过头望着前厅里霍尔特先生站着的地方，他的手托着下巴，沉思地看着自己的画作。那扇大大的窗户，几乎延伸到房顶，窗框的范围内，框起了霍尔特、椅子和那幅画，此情此景也可画成一幅美丽的作品，她想着。她上了楼，听到霍尔特先生咕哝着什么，像说梦话似的。

阿尔伯特·邓恩发现艾米丽在一棵树下看书。她让自己摆脱了玛丽的梦境，转过头去，看到他正俯身站在她跟前，脸颊微红。

"阿尔伯特！你什么时候来的！"

"不好意思吓着你了。"阿尔伯特好像也有点害怕。

"你有事要找我吗？"

他清了清嗓子："我想知道，艾米丽，你能不能去见见我爸爸。"

艾米丽对阿尔伯特的请求有许多种猜想，而这却是她无论如何也想不到的："你爸爸？"

"我告诉他了，艾米丽，用意念发声的事。"

艾米丽合上书："什么时候？"

"8月份告诉他的。但是他不相信，后来他又问我，前几天。"

她感觉胳膊上起了一片鸡皮疙瘩，声音变得僵硬了："你8月份和他说过之后，有没有人又和他谈起过这件事？"

"他问起过，我就把一切都告诉他了。"

艾米丽闭上双眼："迈克尔知道这件事吗？"

"求你不要告诉他。"他说。阿尔伯特将双手从口袋里拿出来，又马上揣了进去。他皱起眉头："我父亲想见你，不是迈克尔。我没有和他说过迈克尔的事。"

她考虑了拒绝的后果，仿佛看到邓恩先生迈着大步子走到房子的前门，握着拳头，准备将整件事情一五一十地告诉她的母亲——不过真相大白的情况似乎已经成了不可避免的了。无论如何，艾米丽想到，就这样吧。

"求你了，艾米丽。"他说。

"我们讨论过这种情况。"

"你是唯一一个可以帮助他的人。"

艾米丽看着他的双眼,然后看到迈克尔从楼梯上下来的身影。

一年前和迈克尔在附近玩耍的时候,艾米丽曾看到阿尔伯特从他家的窗户里望着外面——他家的窗户里挂着厚重的窗帘。阿尔伯特那张苍白的脸望着外面,也没有光照在他身上,随后他就来到街上,加入了小伙伴们。窗户里阿尔伯特的那张脸在艾米丽的记忆中浮现起来,这时迈克尔也从楼上下来了。

"好吧。"她说。

"什么时候?"

"星期六上午10点,在你家院子拐角等我。"

迈克尔走到阿尔伯特身旁。

"你怎么了?"迈克尔问他。

"没什么。"

"你的样子就好像要和艾米求婚似的。"

阿尔伯特微微笑了起来。

迈克尔转过头看着妹妹:"怎么样?"

"我需要几天时间考虑一下。"她说。

"小心,"迈克尔说,"她有特异功能。"

"我该走了。"阿尔伯特说完便转过身。

迈克尔看着他急匆匆地沿着小路往大门走去:"到底有什么事啊?"

"你了解阿尔伯特。我觉得他对鬼魂很有兴趣。"

"是吗？他很专一，这我倒是承认。可不幸的是，我们利用了他的缺点。"

"我要是以为你真的同情他，我会很感动的。"艾米丽说着，又翻开了书。

"我要是觉得你同情他，"迈克尔说，"我就很没面子了。"他走出去，在草地上伸展四肢，双手放在脑袋下面，吹起了口哨。

艾米丽重新将注意力转移到书上。她看到，维克多·弗兰肯斯坦跟着自己发明的怪物穿过一片冰雪来到一座小屋，在那里，那个怪物想要讲述他的悲惨经历，命令博士用他的技术减轻自己的孤独。

19. 平衡

之后的那个星期六早上,艾米丽在去见阿尔伯特的路上,想起她还没有见过阿尔伯特的母亲。当然,这么多年了,艾米丽也曾远远地看到一个穿着外套的女人,不用猜也知道,那就是邓恩夫人。艾米丽也曾看到一辆车在路上来来回回,车窗里映着几个人影,她知道那是邓恩家的车,其中一个就是邓恩夫人。艾米丽当然也听说过邓恩夫人,听说她是个奇怪的女人,有个死去的儿子。邻里都知道,邓恩夫人在儿子帕特里克去世后的三个月里没出过门,在那之后也不常出门。

他们都说她有点神经了。白天和夜里都有医生去过她家里,邻居们悄悄看着。邓恩先生自己也不常出门,但是艾米丽见过他几次:他身材肥胖,有点秃顶,很像父亲书里的亨利·詹姆斯。但是书里的照片中,詹姆斯阴沉着脸,而邓恩先生总挂着明亮的笑。当艾米丽看到邓恩先生的时候,她总是觉得他也会有令人畏惧的愁容。但是因为没有亲眼见过邓恩夫人的样子——眼睛、鼻子、嘴巴、下巴——艾米丽感觉自己要是在街上碰到她,也不一定认得出来。

艾米丽看到阿尔伯特站在角落里，低头看着路面。"你的裙子很漂亮。"他瞥了她一眼，说道。

"谢谢夸奖。"

他把她带进房间，那里确有一种幽幻的、深沉的感觉，即使窗边没有阿尔伯特那张苍白的脸，即使这里不是在艾米丽想象出的画面中。阿尔伯特有意走得快些，走在艾米丽前面。穿过房子四周低矮的木栅栏，他打开了大门，示意艾米丽走进去。他又赶着在她前面来到前门，请她进去，指着宽敞的客厅中的一把椅子。阿尔伯特走到客厅的另一边，那里有几扇折叠门。他从门前径直走了，留下艾米丽一个人。窗帘的缝隙中透过一丝光线，让黯淡的客厅有了些许光亮。

她看了看房间的四周：一个壁炉，一些老式家具，一座小钟，放在壁炉架上"滴答滴答"响着，那响声之大与它娇小的身形完全不符，钟表两边各放着一个相框。她并未起身边走边看——她不想让邓恩先生发现她在屋里瞎转悠——于是她斜着眼睛观察着照片中的人。里面有邓恩先生和邓恩太太，大概是十年前拍的，衣着像是去教堂做礼拜时穿的。艾米丽看出这张照片庄严的气氛，因为邓恩夫妇的表情非常严肃。另一张照片里只有阿尔伯特，大概是两年前拍的，穿着正式，不苟言笑。艾米丽想看看帕特里克的照片，却没有找到。

阿尔伯特从折叠门后出来了。"我爸爸很快就来。"他停顿了一下，又说，"我现在该走了。"

"你不需要——"

"我爸爸希望我回避。"

阿尔伯特从客厅里跑出去了,留下艾米丽听着钟表的声音。她想让自己放松下来,闭上双眼,在脑海中构思着房间的样子,光线昏暗,壁炉架、照片、钟表。她想要记住邓恩家的样子,提醒着自己,朋友们是多么地相信她的特异功能(不过他们只是孩子罢了),那些女士们是多么地喜欢她(而她们也只是一群愚蠢的老妇人而已)。很快邓恩先生就会来了,期待着她能找到自己死去的儿子(和她的父亲死于同一场战争中)。

除非他能看透事实,她想,如果打一开始他就知道这只是个游戏。

几分钟过去了,又过了很久。她看着钟表,信心开始流失。最后,折叠门打开了,邓恩先生走进了房间。他那双明亮的眼睛注视着艾米丽。他关上门,用欣赏的眼光看着艾米丽。"你好,艾米丽。"他说。

她站起来,毫不犹豫地说:"您好,邓恩先生。"那一刻,她知道邓恩先生是有意迟到的,就是为了让她失去耐心。想到这里,她又恢复了信心:"您好吗?"

"很好,谢谢你。"邓恩先生说,他的眼中闪着微光。

"你是内奥米·斯图尔特的女儿。"

提到她的母亲,也是为了让她失措,艾米丽知道:"是的,我是,您认识我母亲吗?"

"当然了。"邓恩先生绕了一圈,走到壁炉旁的一张椅子旁,"请坐。"他坐下后,一直注视着艾米丽,"我们俩碰见了会打打招呼。你母亲知道你在这儿吗,艾米丽?"

"不知道,先生。母亲不关心这些事情。"

"我以前没见过鬼。我妻子有时候倒是会有些怪异的幻想。"

艾米丽点点头。

"我很感兴趣,"邓恩先生继续说,"你应该猜得到,阿尔伯特被你的特异功能吸引住了。"

"是的,先生。"

"艾米丽,我不喜欢拐弯抹角,咱们就直说吧。"

"好的。您有什么要求,邓恩先生?"

"我想你应该猜到了,不过先说清楚,我需要付费吗?"

"不需要,先生。"

"我知道,你家里已经有很多钱了。"他说着,露出了牙齿。这句话也是为了让她乱了方寸。

"是的,先生。"艾米丽用一种轻快、愉悦的语气回答。

"我想让你……帮我寻找一个人。阿尔伯特告诉我,你可以做到。"

艾米丽想要将这一刻永远刻在自己的意识中,证明自己用这小小的手段控制了邓恩先生。

"我可以试试,邓恩先生。这种事比较麻烦,有时成功,有时失败。我需要问你一些私人问题,邓恩先生。"

他眯起眼睛:"请问吧。"

"你对通灵有多感兴趣?"

他的嘴巴抿成一条细线:"非常感兴趣。"

"很好。我需要你有强烈的意愿去找到这个人。所以,我需要你的帮助,邓恩先生。没有你的帮助,就没办法找到他。"

"好的,"他说,"没问题。"

"在这里进行可以吗?"

"可以的。"

"阿尔伯特和你说过吗?一声表示否定,两声表示肯定。"

"说过的。"

"很好。"艾米丽闭上双眼,握住双手,放在腿上。之前,她担心这一刻她会惧怕起来,但现在没有丝毫畏惧。她也曾为独自表演感到忧虑,担心没有迈克尔在一旁鼓励她,分散观众的注意,配合他们的情绪,不过现在和这个盛气凌人的男人坐在昏暗的客厅中,她却非常自在。房间的黑暗很快就会被她所统治——她用邓恩先生需要的东西来占据它。她不再怀疑自己的心情或动机,之后再考虑吧。那一刻,邓恩先生想要寻找一个灵魂,而她是一个用意念发声的人。"好了,邓恩先生,你来和我讲讲这个人吧,他的名字。"

"阿尔伯特没有告诉你吗?"

"我需要从你的口中听到这个人的名字。"艾米丽感觉自己的灵魂飘离了身体,听着一个声音——她的声音——又清晰又平稳,响彻这昏暗的房间。

"帕特里克,我的大儿子,帕特里克·邓恩。他18岁去世的。"他说,声音凄凉而淡漠,"当时,他被派到法国,不到一个月就死了。"

艾米丽想到了自己的父亲和那场战争,不由得分了心。他穿着制服的样子,以及他离开拉文伍德的那一天。她的母亲说他在拯救生命,但父亲总不见人影,再怎么谈论他也无济于事。在那可怕而奇怪的一天,母亲告诉她,父亲永远也不会回来了。就这样过了许多年,但当下要做的事是保持镇定。她将父亲和几个月来萦绕在她周围的鬼魂们定格在那一刻,变成了一团模糊的人影。

邓恩先生沉默了,艾米丽也静静的,只听到钟表发出的声音,那陈旧的、昏暗的气氛弥漫在房间里。"好了,"她说,"请你讲讲帕特里克的故事吧,在他参战之前?"

回答时,邓恩先生的语气很平稳,没有停顿,好像怕别人打断或者误解似的。

"帕特里克出生在1900年2月3日,生产过程很顺利——只花了几个小时。我记得他脑袋上光秃秃的,我不敢抱他,但是我妻子对此很不开心。他长得很快——14岁的时候已经快有六英尺高了。他是个阳光向上的孩子,精力旺盛——他喜欢体育运动,比如打棒球,他是队里打得最好、速度最快的一个。我知道你在想什么,不过这确实是事实。我不怎么喜欢看比赛,直到我看到他挥舞球杆的样子。他学习也不错，倒不是班里第一，但是他一直很努力。他的精力真的很旺盛，从不偷懒。谁都承认这一点。帕特里克喜欢狗，养过一只小猎狗，叫亚历山大，他特别爱它，经常把它当成自己的孩子一样抱着它。

"善良，他太善良了。这个世界总是欺负善良的人，我曾经警告过他，这世界会吞噬善良，也吞噬你。他是那个笑得最灿烂的人，所以人们喜欢他，好多人，好多女孩子喜欢他。但是他只有一个朋友，和这个朋友纠缠不清。我一遍一遍地警告过他。这个朋友……"

"……这个朋友，他……

"……这个女孩儿……

"……这个女孩儿对帕特里克没有好处——完全不合适。本来有那么多他喜欢的女孩子，也有好多女孩子喜欢她，他又高又壮，长得又帅，就是女人们喜欢的样子，女人们都喜欢和这样的人走在一起，但这个朋友……这个女生……帕特里克那个时候还不成熟。他身上有些弱点，那弱点是我多年来一直害怕的——他太过善良了。

"我警告过他。

"这么一个健壮、帅气的孩子。我和他说我不同意，他也知道我不同意。他知道，所以，他就想瞒着我。想把一切都瞒着我，他知道这是不对的。我告诉他这种感觉会过去的，年轻的时候做的事情，长大后都会后悔的。我这么和他说的：所有男孩都是这样，有朝一日长大了，他们都会后悔的。他知道我不会同意——也不能同意。他知道的。我告诉他要做个男子汉，看在老天爷的份儿上，然后他看着我说：'你想让我做个男子汉？'后来他就参军了。那是1918年3月。他对驻扎在法国的德军能有什么兴趣？没有。他们还不如去月球上打仗呢。他参军，就是为了气我，为了做给我看。然后，他死在了那里——消息还没传过来，他就死了。他母亲一直不知道帕特里克为什么跑掉了，其实我一直没告诉她实情。"

艾米丽又沉默了一会儿，睁开眼看到邓恩先生注视着墙面。他的脸像窗边的窗帘一样满是褶皱，他感到艾米丽在看他，转而凝视着她。

她咽了一口口水，恢复了平静，开始说话。"好了，"她说，"您准备好了没，邓恩先生？"

"准备好了。"

她又闭上了双眼："现在我需要你闭上眼睛，在心中寻找帕特里克。我需要你祈祷他的到来。我需要你竭尽所能，让他过来。"

两人闭着眼睛，坐在黑暗中。艾米丽想起帕特里克·邓恩跑去参战，结果死了——想到帕特里克的母亲以及她对此事的毫不知情。于是她将注意力集中在这片黑暗中。她想象着这里是黑暗的地下——没有星星的黑暗的宇宙。如果她能在这里看到邓恩先生，如果她能超越自己，融入这片黑暗，那或许，在那短暂的一刻，帕特里克可以复活。

"好了，邓恩先生。你不妨问点什么。"

"你找到他了?"

"是的,我觉得我找到了。帕特里克?你在这儿吗?"

过了一小会儿,艾米丽的头顶上响起一声柔和的叩击声,然后又响了一声。

邓恩先生发出一个轻微而奇怪的声音,好像下水道突然堵住似的。

"请问吧,邓恩先生,不知道我能坚持多久。"

"帕特里克?"他憋着气问,"帕特里克,你在吗?"

"咚咚"两声,不急不缓地响了起来,好像费了很大力气似的。

邓恩先生站了起来:"帕特里克?帕特里克?"

艾米丽睁开眼睛:"邓恩先生?"

他坐下来,两手摊在沙发上。"帕特里克。"他说着,目光越过艾米丽,好像没看见她,他的嘴唇抖动着。

艾米丽感觉胃部收缩了一下,她的视线突然间模糊了。"邓恩先生……"她说,突然变了声。她全然忘了那遥远的黑暗,只感到口中的话语在流淌,不敢相信自己接下来要说什么,她突然想要打破这个魔咒:"邓恩先生,听着——我必须告诉你——"

他目不转睛地看着她,目光闪烁。他竖起一根手指,叫她安静下来:"不,先别说,求你了。""帕特里克,"他看着她说,"帕特里克,你回家了?"

她舒了口气,感觉自己的身体占满了椅子的空间。然后,响起两次敲击声。

邓恩先生恢复了镇定，低下头。当他抬起头看着艾米丽时，他的双眼中闪着柔和的光。"我能多问几个问题吗？"他问艾米丽。

"当然了。"

艾米丽和邓恩先生又闭上了双眼。

"帕特里克……你安息了吗？"

"是的。"

"你过得好吗，帕特里克？"

"是的。"

"你……你现在……你明白吗，帕特里克？"

"是的。"

"我想你了。"

"是的。"

"你呢？"

"是的。"

"谢谢你，艾米丽。"邓恩先生说。

她睁开眼，看到他眼中柔和的光。

"可以了。"他说。

"希望我没有让你更加困惑。邓恩先生——"

"不会，没事的。我现在想一个人待会儿。"他并未起身，好像聆听着远处的声音，"你还会再来看我的，对吧？"

"是的，邓恩先生，我会再来的。"

当她走到那刺眼的阳光之下，艾米丽发现阿尔伯特正坐在篱笆里面的一条长椅上。他坐在最边上，握着手、低着头。阿尔伯特一听到艾米丽出来的声音，便忽地跳了起来。他从路上一直追到大门前。艾米丽从没见过他跑得这么快。

"你找到他了吗？"他问，"帕特里克？"

"是的，是的，我找到了，阿尔伯特。"

他脸上露出复杂的表情，艾米丽不知是快乐还是悲伤。他睁大了眼睛，抿着嘴，点点头："很好，很好，我父亲怎么样了？"

"他很……开心，"艾米丽说，"他很高兴我们找到了帕特里克。你父亲问了他……"

"不不，"阿尔伯特差点跳了起来，"不用说了，没事的……好了，艾米丽。父亲开心吗？"

她没法直接转向大门走掉。他正直勾勾地看着她。

"是的，他很高兴，阿尔伯特。"

"你可以再来一次吗？如果他让我来找你的话。"

"可以。"她说，神情却像是没想过回到这座房子里，也没想到一出来就看到他这副表情，跟着她一路小跑的样子，"好的，可以。"

阿尔伯特拉着她的手。在她面前，他变成了另一个人，一个她从没见过的人，一个不惧怕别人会说什么、做什么的人。牵她的手时，他的手指在颤抖，那一刻，艾米丽看到了阿尔伯特的另一面——他不仅仅是个跟在迈克尔身后的孤独男孩，不是那个总在拉文伍德逗留，却从没摆脱家中阴影的男孩。

"谢谢你，谢谢你。"他对艾米丽说。

她清了清嗓，眨了眨眼，好看得清楚些："不客气，阿尔伯特，别客气。"

"再见。"艾米丽说着，从大门出来，走到了街上。当她告诉阿尔伯特，自己还会再来，让他父亲好受些的时候，他的手轻轻握着自己的手，那种感觉还刻在她的心中，和尼洛瓦夫人那只笛子、波默罗伊夫人的帽子留下的感觉一模一样。她把手揣到裙子口袋里，匆忙回到拉文伍德，和没有见过阿尔伯特另一面的人待在一起——他们在街上碰到邓恩先生，绝不会想到当他得知自己的儿子回家时，双唇抖动的样子。

20. 大吃一惊

波默罗伊夫人带着紧张而愉悦的笑容将艾米丽和迈克尔请进屋里。她那夸张的快乐使她看起来很可笑，却又让人羡慕。"你们这次来，情况很特殊。孩子们，"她说，"非常特殊。"

女士们坐在平时坐着的椅子上。还有一个陌生人坐在她们中间——一个穿着暗色西装、身形高大的男子，坐在一张舒适的椅子上看着兄妹俩。他留着长长的黑白相间的胡子，头顶光秃秃的，眼窝深陷，眼神冷酷、深邃。艾米丽迅速掩饰了自己的惊讶，这都亏了实践中的训练。她看了一眼迈克尔，捕捉到了心领神会的目光。

"这里有个人想见你们。"波默罗伊夫人说话时窘迫地红了脸颊，"可以说，是和你们一样的人。"

索菲亚笑了，艾米丽感觉像是被学校里的女生们包围起来，总是对什么事都兴奋不已，这种感觉难以名状。

"孩子们，这是詹姆斯·兰德尔先生。"波默罗伊夫人说。

"很高兴见到您。"艾米丽咧着嘴说道。

"您好。"迈克尔垂下眼帘说道。

"你们俩好。"那留着胡子的男子用深沉的语调说道。他的声音很适合在大厅或者教堂里做演讲。

"兰德尔先生也有一种特异功能。"波默罗伊夫人说。

孩子们瞪大眼睛看着兰德尔先生。

波默罗伊夫人说:"兰德尔先生也对鬼魂很敏感。"

兰德尔先生深吸了一口气,大声说道:"孩子们——快坐下吧!"然后这个似曾相识、给人带来极大震撼的男子做了一件不可思议的事:他朝兄妹俩眨了眨眼,眼睛却丝毫未动。

艾米丽和迈克尔坐了下来。

萝丝前倾着身子。"兰德尔先生做这个有一段时间了,"她说,"他对你的特异功能很感兴趣,艾米丽。"

"我们告诉他,不要因为你年纪小就低估你的实力。"拉迪莫尔夫人说。她看着艾米丽,想让艾米丽知道,她自己对这一点向来直言不讳。

兰德尔先生站了起来,令人惊讶的是,高大健壮的他,身姿却非常优雅得体。他走到房间的另一头,站在艾米丽和迈克尔跟前。孩子们自6月份以来的经历——加上他那似曾相识的感觉——让他们俩心中生出与之前不同的印象。孩子们想象着,以兰德尔先生的背景,他会怎样看待兄妹俩。三个实实在在的人坐在波默罗伊夫人的客厅里,被一群鬼魂包围。

"这些女士们和我讲了很多你们的奇闻逸事,"兰德尔先生说,"我觉得很佩服,所以必须亲自来见见你们。"兰德尔先生的双眼观察着他们俩的表情。他站起来,绕了一圈:"就像萝丝小姐说的,我做这件事有一段时间了,在这个世界上碰到能理解我的人,理解这种特异功能的人,实在是件难得而神奇的事。"

女士们点点头,闭上双眼,好像她们对这类事深有体会似的。

"尤其是,"兰德尔先生说,"还是这么年轻的人。听说你们是双胞胎?"

"是的,先生。"迈克尔说。

兰德尔先生点了好几下头。"你们多大了?"

"13岁,先生。"艾米丽说。

"13岁的兄妹俩。"兰德尔先生沉思了一会儿,坐回了位子上,"你们是怎么发现这种天赋的?"

艾米丽开始了不知第几次的解释,迈克尔也像往常那样帮腔。他们的说法很简单,兰德尔先生听得很认真。孩子们说完,大家都等着看兰德尔先生的反应,这个留着胡子的男子再次深吸一口气,说:"这就像是听别人讲自己的故事一样。"

女士们露出自豪而得体的笑容。

"你说的话完全可信吗?"兰德尔问他们。他前倾着身体,握着手,低头沉思着。然后,他抬起头看着迈克尔和艾米丽:"如果你们俩准备好了,女士们也准备好了,我就开始了。"

"我们去看看雷吉纳吧?"索菲亚提议。

"和往常一样,我们需要安静片刻。"迈克尔说。

兰德尔先生赞赏地瞥了迈克尔一眼,那个眼神就像来自父母的关注一样。

波默罗伊夫人的客厅安静下来,这是兄妹俩在表演前最喜欢的一刻,即使是在这怪异的情景下。那神秘的留着胡子的男子,坐在那里耐心地等待着。

迈克尔说:"艾米丽需要大家集中精力,祈祷雷吉纳·沃德来到这里。我们所有人都要这样做,艾米丽才能成功。"

从波默罗伊夫人家离开时,艾米丽和迈克尔聊起兰德尔先生,他们俩都觉得这个男子很不可思议。

"他一直想要寻找声音的来源。"艾米丽说。

"不过他找不到,你能看出来的。"

"我知道,他很困惑,但他不想表现出来。"

在波默罗伊夫人的客厅里,女士们挨个和雷吉纳说过话,大家聚在一起的目的都集中在兰德尔先生身上。

轮到兰德尔先生提问了:"不用,谢谢你。我的目的在于观察这种现象。请继续。"

艾米丽觉得这是个好兆头。如果兰德尔先生想要揭穿他们,他一定会参与其中,她推测到。如果他也想试试,他肯定也能做得很好。

那次聚会的结尾,迈克尔向大家解释说,艾米丽需要休息,女士们向兰德尔先生,也向艾米丽表示出了同情与赞赏。

"我必须承认,我感到很惊喜。"兰德尔先生说,"两个这么年轻的孩子有过人的能力。我本以为要比你们多活很久才能理解这些事。"

"谢谢您，先生。"艾米丽说。

"非常感谢您。"迈克尔说。

兰德尔先生又从椅子上直起身："孩子们，这些事对整个人类都有很大的意义。你们明白吗？全世界都应该知道我们在这里看到了什么。他们当中，有许多人会希望了解这件事，想要参与进来。你们不觉得吗，女士们？"

女士们对兰德尔先生的观点赞赏有加。

"我希望你们俩慎重考虑我说过的话。"兰德尔先生说，"今天，在这间屋子里，历史被刷新了，被永远地改变了。我们有幸在这里见证了这件事。在许多人眼中，这是不可能的事。但对见证了历史在眼前改写的人来说，并不是这样。"兰德尔先生瞥了一眼艾米丽和迈克尔，"我希望你们能理解我的意思。"

用意念发声的聚会变成了兰德尔先生的讲演，大家都坐在他面前聆听着。

兰德尔握住双手，闭上了眼睛。他的身体放松却固定着一个姿势。他的呼吸越来越节制，越来越稳定，好像卸下了重担和伪装，去到遥远的地方，那里的一切都是真实的、简单的。他和女士们说话的时候，瞪大了眼睛。艾米丽看着兰德尔先生的时候，仿佛看到一个正在听电话的人，时不时地从电话中抽出身来，和房间里另一个人谈论着传来的消息，那个人只能看着听者的表情，等待着碎片式的新闻。

"萝丝小姐，你有个住在这片区域的姨妈。"兰德尔先生说，"你母亲的姐姐。"

"是的，我们的姑妈海伦住在几英里之外——她是我爸爸的姐姐。"萝丝说着，环视着房间，想看看大家的反应。不管是姑妈还是姨妈，艾米丽觉得萝丝并不在意。

兰德尔先生说："你的姑妈养了一只宠物。"

"是的，是的——她养了一只狗，叫特鲁波——哦，她很喜欢那只狗。海伦姑妈心都碎了。"

"这只狗，"兰德尔先生一边说一边仔细听着远处的声音，"是在一个夏天走的。"

"不是。"

兰德尔先生的眉毛皱得更厉害了："我在特鲁波身上感觉到了悲痛。"

萝丝睁大了眼睛，露出赞许和好奇的目光。

"特鲁波是病死的？"

"是的，是的，很重的病——这可怜的小家伙走得太不值了。"

"你很有同情心——记住，海伦姑妈很感激你的好意。"

返回拉文伍德的路上，迈克尔说："他的问题都很笼统，就像我们的表演一样，但是他比我们做得好多了。我猜他有这个能力，将错误掩饰过去，就像从没发生过一样——很厉害。"

艾米丽思考着萝丝的话。"我敢打赌，房间里的大家都有住在附近的姑妈，其中一半都有宠物。"她说。

当然，艾米丽和迈克尔也仔细观察过兰德尔先生的表演。他的技巧来源于经验，即使在仔细的监视之下，也让他们看得很过瘾。

"他说的那套'应该让全世界知道'呢？"艾米丽一边和哥哥走着，一边说道。

"那个我倒是不担心。"

"你不担心？"

"不。那是说给女士们听的，都是演戏——你知道的。"

艾米丽耸了耸肩："对，应该是吧。不过他的样子倒是挺真诚的。"

迈克尔笑了："这就是演戏的重点所在，不是吗？"

波默罗伊夫人的客厅里，其余的女士们也轮流向兰德尔先生提问过，就像之前和艾米丽、迈克尔一起时一样。

"索菲亚小姐，我看到一块怀表……一块旧表……是你父亲的表吗？"

"拉迪莫尔夫人，我感觉到有一个喜欢开玩笑的男孩，是你的亲戚吗？"

"尼洛瓦夫人，你的丈夫做过很多后悔的事。"

"波默罗伊夫人，你的母亲是个虔诚的信徒？"

索菲亚说："是的，我记得父亲有一块漂亮的表。不知道那块表怎么样了。"拉迪莫尔夫人也承认："我的弟弟特别喜欢开玩笑——他敢和家里每个人开玩笑。"尼洛瓦夫人眼中噙着泪，摇摇头："不不,我丈夫从不后悔。"波默罗伊夫人带着那精致的银色十字架,下嘴唇颤抖着:"是的,我的母亲很虔诚。她一直信奉基督。"

最令人惊讶的是,艾米丽和迈克尔都认出了兰德尔先生是一个他们四年前见过的人,一个比高瞻远瞩、德高望重的詹姆斯·兰德尔还要戏剧化的人物——姑妈贝基的生日派对上的魔术师,绰号"惊人的安托因"。

21. 碎片

"当然,也可能是我们错了。"艾米丽对迈克尔说。他们俩坐在黄昏下的河边。

"说得有道理,但是我觉得我们没错。我们俩?你觉得我们俩都很确定吗?"

"不是。"

艾米丽捡起一块石头,扔到特拉华河里。石头打破了平静的水面,转眼间消失不见了。她的余光瞥到河岸下面的绿丛中有个黑影摇摇晃晃。她没有转过头去,怕那只土拨鼠被突如其来的注视吓跑。她没有告诉迈克尔那里有只土拨鼠,想象着它以为别人看不见,一路跑到他们跟前。"奇怪的事情经常发生。"她轻声说道,便想起了邓恩先生那热切的、闪烁的目光。

土拨鼠跑掉了,草丛间响起一阵窸窸窣窣的声音。

"没错,是这样的。"迈克尔说。

"你觉得兰德尔先生对我们俩有多大兴趣?"孩子们遵循了魔术师的意愿,称他为兰德尔先生。不过他们知道这个名字和惊人的安托因都不是他的真名。

"你听到他说的话了,艾米。"

"我们本应该把这件事了结了。夏天过去了,迈克尔。这个男子在戏弄那些女士们——"

"是她们自己戏弄自己罢了。"

艾米丽瞥了他一眼:"除了她们,不知道还要有多少人被骗,多少钱被骗走。"兄妹俩之前见过波默罗伊夫人送魔术师从前门离开时,将一个信封放在他的手中。兰德尔先生点了点头,接过了信封,就像接受一项神职似的。

"这当然关乎钱的事了。一切都是因为钱。"迈克尔说,那口吻就好像是个老者,看过这世上被贪婪所控制的人们。

"如果只是钱的事,迈克尔,那我们何必做呢?"

迈克尔望着河面,耸了耸肩:"因为他们希望我们这么做。因为我们能这么做。不然还能因为什么呢?"

艾米丽没有回答,而是抱着双膝,想着邓恩先生。她想起自己近距离地对他说话,想起他注视着她的目光,以及两人之间的沉默。

10月初的一个下午,艾米丽在房子里面踱步。家里只有她自己。无聊的艾米丽穿过大厅,脑海中萦绕着美好的、可怕的想法,一阵不安涌上心头。艾米丽感到一种紧迫感,那是10月份,秋天的第一个月份带来的。

接下来有一系列的庆祝节日,万圣节、感恩节、圣诞节和元旦。不过，要到11月底和12月初才有这些节日，现在，她只能在房间里走来走去，惶惶不安，百无聊赖，莫名地心烦意乱。

艾米丽在楼上停下来。她母亲的卧室门在大厅的尽头。梳妆台上了锁的抽屉在等着她。她走到门口——另一个房间的门口，可以从这里走到旁边的房间。艾米丽来到母亲的房间中，关上了房门，站在母亲的梳妆台前。她转动抽屉的把手，和往常一样打不开。她往屋外走去，又在门口停了下来。她想起很久以前，她7岁的一天，站在这个门口，看着她头顶上的白色相框。母亲过来问艾米丽在看什么，从艾米丽的角度看去，母亲的头部快要顶住门框了。这样的画面让艾米丽不禁升起一种敬畏之情。

在她14岁第10个月的那一刻，她看着门楣，虽然她还是一个小女孩，但它似乎并没有那么遥不可及了。她伸出手，踮起脚，感受着手指和门框之间的距离。她半蹲下来，然后一跃而起，感受着能跳跃、奔跑、攀登带来的快乐。没想到，艾米丽竟够到了门框。门框打了一颤，那股力量随着墙壁扩散开来。艾米丽重新站了起来，抬头看着门框。

门框的边缘有个又小又黑的东西。她用尽全力跳了起来，摸到了那件物品冰冷的一端——那端很长，像一把钥匙。过了一会儿，她站在那里，手里拿到了那把小钥匙。那是一把黄铜钥匙，没什么特别的，这种钥匙通常用在珠宝盒、壁橱和梳妆台抽屉中。

内衣、腰带、内裤。一个小盒里装着帽子、发夹、纽扣。一个木盒，顶部画着玫瑰和藤蔓，里面装着捆在一起的信封、贺卡，以及来自旧金山、芝加哥、慕尼黑、罗马和巴黎的明信片。一个厚厚的棕色皮革相册，第一页没有照片，只有内奥米·斯图尔特用白笔一笔一画在黑纸上写下的字迹：

> 1867年，拉文伍德庄园建立在费城外的特拉华河边。房子的主人罗伯特·沃德是一位弗吉尼亚地主的儿子。罗伯特根据家族在苏格兰的庄园，为这所房子和周围的庄园取了名字，这个名字来源于英格兰的一户人家。他希望在这所房子里，他的家人能生活得幸福安康。

相册的第二页是一张罗伯特和伊莲·沃德在婚礼当天的大幅照片。刚刚步入中年的罗伯特身穿黑色西服，留着一把大胡子，表情自如，站在年轻的新娘身旁。伊莲站在丈夫旁边，穿着精美的白色刺绣婚纱，就像复活节上的女孩。这页的最底部，斯图尔特夫人写着：

> 1863年5月4日，罗伯特和伊莲·沃德。

另一张照片中，罗伯特正站在一个艾米丽没见过的门廊上，穿着深色西装，嘴里的雪茄烟蒂掉落在地。罗伯特眯着眼睛透过烟雾看着相机，似乎在向拍照的人眨眼睛。一行工整的白色字迹写着：

1864年3月13日，罗伯特在儿子乔纳森出生三天后，摄于弗吉尼亚州的种植园。那时罗伯特的长子已经去世将近25年了。

这一页的中间，是一个站在河边的颓废老人，他的白发和胡子随风飘摇。老人的笑容有些勉强。

这是1884年9月，罗伯特在他去世的前一个月，站在他心爱的特拉华河边。

在这页的底部，有一张照片，里面有个戴着白色帽子的黑人女性，穿着一件厚厚的棉质连衣裙，站在弗吉尼亚那座房子的门廊上。那女人身姿挺拔，双臂交叉在胸前。她看着相机，露出不耐烦的神色。

艾德·沃德1861年在弗吉尼亚州的宅邸。艾德是罗伯特·沃德第一个孩子（愿他的灵魂安息）的母亲，也是罗伯特一生的真爱。

第六页还有两张照片：

伊莲和罗伯特于1878年5月4日拍摄的结婚15周年纪念照。两年后，她因患肺结核去世了。

还有一些婴儿、小孩和成人的照片——有的是在受洗时，有的在河边，有的在摄影师的工作室，有的在精雕细琢的椅子上。有儿子和女儿、兄弟和姐妹、妻子和丈夫。在照片之间，优雅的笔迹多多少少提供了一些故事的线索：

> 在他最喜欢的椅子上……准备种下樱花树的地方……与她的宠物狗……在复活节的星期天，穿好了去教堂的衣服。

相册的某几页空着，显然丢了一些照片。正如那字迹所说的，一页中有一半是空着的，是想放一张雷吉纳·沃德16岁的照片，她在四个月后掉下河岸去世了。

有几页中满是艾米丽的外祖父乔纳森·沃德的照片，从婴儿时期到孩童时期，一直到长大成人：

> 1864年——在他父亲的怀里，他们两个都傻乎乎的样子。1875年4月，一个起风的日子里，他穿着骑马的服装。1883年，参加妹妹雷吉纳葬礼的日子。

一张照片里，乔纳森耷拉着双肩，站在房子的阴影下，手插在口袋里。斯图尔特夫人写着：

> 富人的儿子都不幸福吗？

这些照片和字迹后面有一页半的空白。在这之后，有一沓照片和手写笔记，用绳子绑在一起，像一堆没砌完墙的砖块。在最上面的几张照片中，乔纳森的脸几乎被绳子压得看不见了。这是老乔纳森——乔纳森的祖父，可惜他没见过他的孙子。他站在拉文伍德的河岸边，太阳照在他的脸上，使那些皱纹变得更加明显。

艾米丽听到脚步声和说话声从走廊传来。她将相册放了回去，关好抽屉，上了锁。她站在母亲桌前的椅子上，将钥匙放在门框的顶部，尽力不让椅子翻倒。这时，她听到楼下传来玛丽的声音："你好？有人在家吗？"

1911年10月25日
星期三早上

内奥米坐在前廊里,这时,斯坦·洛维瑞开着一辆新的劳斯莱斯轿车驶入鹅卵石路。车身闪闪发光,线条流畅,勃艮第色的皮革座椅,闪耀着金钱的梦想。内奥米一直在考虑六个月前在她父亲的一场赛会上,与斯坦和唐纳德的会面——那是她父亲举行的最后一次比赛,也是她最后一次看到他的笑容。那是个4月的下午,内奥米的哥哥迈克尔也出席了活动,实属例外。后来他喝醉了,骚扰了一些客人,最后他把内奥米介绍给了唐纳德和斯坦。在30出头的男人面前,几个星期前刚过了18岁生日的她竭力表现得泰然自若,褐色礼裙围绕着她修长的身体缓缓移动。虽然是参加内奥米父亲的派对,斯坦却穿得很讲究。他握住她的手,毫无保留地笑了起来。斯坦温柔地打量着她,她的头发、下巴、脖子、眼睛和她的全身。唐纳德身形瘦长,一头金发,几乎有些承受不住她的打量,牵着她的手时,总让内奥米想起猎犬的大爪子。

迈克尔说了些侮辱富家子弟的话,并告诉内奥米,这两个人理应得到高质量的服务，他们是有尊严的人。他醉酒后胡言乱语，虽然很有调侃意味，但依然透出种种不满。迈克尔把手放在斯坦的肩上，调侃道："他比当今任何一位伟大的工业领袖都要富有，而他却无法确定对父亲拥有的财富的看法。想象一下，内奥米，他实际上就是个无政府主义者！"

迈克尔又挽着唐纳德胳膊说："这个人是一名医生。看看他——多么完美。为了他的钱和他结婚。"迈克尔说着，对斯坦点点头，"但是要把心献给这个公正和温和的人。"

"听上去没错。"斯坦说。

唐纳德礼貌地避开了迈克尔搭在肩上的手，说了句话："斯坦打心眼里是有着骑士风度的人。"

斯坦把银色的劳斯莱斯平稳地开到台阶下的岔道上，停在内奥米面前。她把信纸折好，放在膝盖上。汽车的前灯在暗影中闪闪发光。

"斯坦，没有得到足够的关注是吗？"内奥米问道，站起身来迎接他。

斯坦关掉了发动机，走了出来。"看看它！"他说道，看了一眼车盖，"现在一切都瞬息万变。来吧，我开车带你在附近转转。你得坐在车里看看路边的树木变成一片模糊的绿影。"

"不，谢谢，斯坦，我不能去。"

斯坦登上门廊站在她面前。"我开车出来，想要炫耀一下这台机器，你却告诉我'不，谢谢'？"他仍然笑着说。他的表情，是一个从未失望过的人的样子，但是内奥米能看透他的心思。

"你想让人陪你吗?"

"可以这么说。"内奥米也想开个玩笑,表现自己的聪明。可她听到自己的语气,知道自己失败了。"我怀孕了。"她全然放弃了矜持。

斯坦朝附近紧闭的前门瞥了一眼。

"别担心,"内奥米说,"玛丽出去拜访朋友了。母亲在她的房间里,护士陪着她。自从爸爸去世后,她经常待在房间里。"

"孩子是唐纳德的,斯坦。"她说。她感到胸部一阵颤抖,便用双臂环抱着自己,用手臂和脊椎压抑着。

"你确定?"

她点点头:"你和我在一起之后我的生理期是正常的。"

两个月前,斯坦和内奥米单独在一起相处了一段时间,8月底的一个夜晚,昆虫嗡嗡鸣叫,蝙蝠在柔和的蓝色夜空中拍打着树木。斯坦和内奥米在河边的树林里,远离拉文伍德,远离家中。内奥米害怕被人看到,害怕玛丽知道她和斯坦单独在一起的快感。在她父亲4月去世后的那几个月里,悲伤、期待和对遗忘的渴望交织在一起——她希望得到唐纳德的喜爱,又希望斯坦的心是属于她的。她曾经想过要得到那个小时候被大人隐藏着的钥匙——刻着心脏和皇冠的钥匙,那是哥哥迈克尔在茶房时从口袋里掉出来的那把钥匙,然后领着斯坦走向秘密通道——但她想到了唐纳德,他知道那个秘密通道,而她也想像对待任何客人一样,把斯坦引到门外,带他来到房子后面的小溪边。斯坦的双手在她的身上,他们在树林里,他的嘴唇,那柔软的草地,以及解开她衣扣的,他的手指。他后来问她,那是不是她的第一次。不,之前还有一次,是唐纳德。他为她的诚实而沉默了,手指也不再拨动她的黑发了。

"唐纳德知道吗?"斯坦在门廊上问内奥米。

"知道,我去看过医生后告诉他的。他让我和他结婚。"

"他知道我们的事吗?"

内奥米直起身,凝视着斯坦的眼睛:"不。他不知道我们的事。"她话音刚落,便愁上心头。

斯坦站了起来,走到门廊的边缘:"现在到底谁占上风,是他还是我,我搞不清楚。"

"你现在想让我告诉他吗?"内奥米问道。

"我现在想要什么,还有什么意义?"斯坦凝视着那辆劳斯莱斯。

"一直都有意义。"内奥米的胸腔再次颤抖起来——她的喉咙也因此变得沙哑。

"但这不会改变任何事情。你就要嫁给他了。"

"是的。"

"你爱他。"

"是的。"

"你爱我。"

"是的。"她艰难地吐出这两个字,然后舒了一口气。她把手放在膝盖上。她不能触碰他,不能拾起他的手,在空中晃一晃:"我是爱他的,斯坦,爱得很深。他是个好人。"

"我知道他是个好人。我知道,内奥米。我也知道你对他的感受。"斯坦转过身看着她,他的目光明亮而决绝,"我想让你知道我不在乎。你记住,我没有对什么事情改变过心意。"他迈着大步从台阶上走到汽车跟前,抬头看着内奥米。他还没回到车内,就又成了那个坐在劳斯莱斯里面的斯坦。"太奇妙了。你只要把它掰过去,"他说着,转动曲柄,直到引擎发出低沉的突突声,"就算是一个马车队全速前进,也追不上你。你可以比火车开得还快。想象一下吧。"他的声音非常和善。

内奥米眨了眨眼。她的目光被他的微笑刺痛了。当他坐进车里,她仍然望着他。"千万不要超车。"她说。

斯坦把汽车发动了,发动机发出连续的轰鸣:"你在车里的时候,就不超车,内奥米。你会替我祈祷吗?"

"会的。"

"那就下次再见了。"他说着,把车开到了岔路口,沿着车道滑下,最后驶上了马路。

内奥米遇到唐纳德和斯坦的那一天,在她父亲的帆船赛上——她的哥哥迈克尔喜欢将其称为一场游船巡游,而非一场赛艇比赛——水上的船只发出的声音使她分了心,忘却了面前的两名男子和迈克尔那令人反感的言论。一排排明亮的船帆在阳光下舞动,人们站在甲板上的栏杆旁,向着岸边呼喊。桌子周围的人群也欢呼起来,拿着饮料朝着临近的帆船走去。

内奥米的父亲乔纳森·沃德匆忙来到河边。看到那些船只,听到那边传来的声音,他高兴得忘乎所以。内奥米知道所有人都发现了这一点,他们都想满足这个站在岸边的孤独富人的需求。他付出了巨大的代价、费了那么大周折把他们(大多数是从未有过私交的同行)带到这里的原因,就在于此。

船上传来一阵喊叫声,一些男人在甲板上跺着脚呼唤着对面其他船上的朋友。不久后,一阵混乱的、雷鸣般的脚步声飘过河岸,坐在桌前的人群再次欢呼起来。帆船甲板上的男子霎时间跳起了舞,一开始只有少数舞者,后来舞蹈像病毒一样蔓延到其他船上。

"爱尔兰的复仇!"迈克尔向船上的男人们喊道,那些听到的人都笑了起来。他们用胳膊挽着胳膊舞蹈着,沉重的舞步也逐渐统一起来,声音传到了特拉华河深深的水下。有人唱起一首古老的爱尔兰祝酒歌,船上的其他人跟着一起唱起来,带动其他船上的人一起唱了起来:"不,不行,不会——不,不行,不会——我会成为野蛮的流浪者吗?从不,绝不!"

迈克尔笑着鼓起了掌。他举起酒杯,喝光了酒。他把两只手指放在嘴里,朝着在船上唱歌的舞者大声地吹起口哨。

内奥米听到唐纳德的口哨声,那声音飘在河面上、河岸边。唐纳德的哨子悲伤而优美,这是合唱所没有的质感。内奥米转身看着唐纳德,却看见斯坦·洛维瑞面带笑容看着特拉华河上的船。内奥米看着他的时候,斯坦也看到了她,冲她笑了笑,然后转身回到河边,向着那欢快的、渐渐远去的声音走去。

Part 5

22. 桃乐丝·艾伦的智慧和一个协议

在10月一个凉爽的清晨,艾米丽和玛丽沿着河边的小路散步。

"玛丽?不知道你会不会告诉我另一件事。"

绕过树丛后的弯道,前方便是马棚了。它的一砖一瓦和茶房的一模一样,但它坐落在离房子最远的树丛边,树丛后面便是小河。它看起来坚不可摧——二楼上开着几扇小窗,一楼有两扇紧锁的大门。门上有一个马头样式的浮雕,华丽而庄重,马的双眼直视着地面。要是这马头能思考的话,黑暗的马棚里一定有一场不可思议的梦。

玛丽思考了片刻,问道:"你心里有什么事吗,艾米丽?"

"你怎么知道我有心事呢?"

"有时我就是能猜出来。"

"我想知道我母亲和父亲的事,"艾米丽说,"我想知道他们什么时候相遇的,后来怎么样了。"

"而你却不愿意直接去问你母亲这些事吗?"

"不知道她想不想告诉我。她偶尔谈起父亲,但是他们两人的事,很少谈及。"

"有时候她就是这样，但并不总是如此。"玛丽深吸一口气，"你母亲18岁时，在她父亲的一次聚会上遇见了你的父亲。你的外祖父过去常常把客户和同行聚在一起，举办帆船比赛。你的外祖父喜欢站在岸上，像孩子一样朝着船上的人呼喊，在他所有的朋友面前表现得兴高采烈。反正，你的父亲和母亲是在这其中的一次比赛中相遇的。我记得，你父亲当年应该是30岁。他们俩一见钟情。他们开始约会，她爱他爱得疯狂。以前，她从来没有真正地谈过恋爱——你的外祖父不允许她在18岁之前恋爱。而你的外祖父对于这个出现在他女儿面前的中年男人也并不满意。但他们无论如何总会在一起，你也看得出来。我问你的母亲：'你爱他吗？'她说：'是的，玛丽——请告诉我该怎么做。'我把我经常和别人说的话说给她听：'先别着急，看看以后会发生什么，而且要小心行事。'但那不是你母亲当时想要听到的话。过了不久他们就结婚了，是在那年的12月。"玛丽继续走着，双手在背后握着，好像承载着她没说完的话似的。

　　她说话时的语气好像在回答一个艾米丽并没有问过的问题："你的母亲和父亲非常相爱，艾米丽。有些人告诉你生活很简单，但生活并不简单。你还年轻，现在该开始明白这一点了。你的母亲总是说她不在乎人们的想法，但她还是选择隐居在这座房子里，躲避流言蜚语。当你父亲去世时，她很想忘记这个世界。我们甚至把前门也给砌起来了。"

　　玛丽和艾米丽静静地走了一会儿。

　　玛丽说："但是她又开始回忆起来，她希望记住这一切。"她清了清嗓,"告诉我,艾米——你对你的家族史很感兴趣吗?"

"是的,非常感兴趣。"

"我觉得你应该和你妈妈谈谈。我想除了我之外,她会愿意和其他人聊聊家人,聊聊这座房子。"

后来有一次,房子里一片寂静,一动一静艾米丽都听得清清楚楚,她从母亲房门的门框上拿下那把钥匙,拿着那本相册坐在地板上。她是几天前刚刚发现这本相册的,可那捆照片和笔记不见了。这一刻,艾米丽打了个冷战。她觉得母亲察觉到了有人动过这本相册,原来放着那捆照片的地方只留下一片空白。

艾米丽打开放着母亲和父亲照片的那几页:

内奥米·萨拉·沃德,1893——……

婴儿时期的母亲,孩童时期的母亲,长大后的母亲。

一张照片中,母亲在明亮的天光下站在茶房前面,衣着很正式,像是要去参加午宴或者去教堂。她好像忍俊不禁的样子。照片旁边,艾米丽的母亲写着:

唐纳德·斯图尔特1911年9月20日拍摄了这张照片。他给我讲了很多笑话,想逗乐我,我认识他不过两个月的时间,他将要成为我的丈夫。

艾米丽翻到她父母的婚礼照片（唐纳德和内奥米·斯图尔特，1911年12月12日），看着他们的脸。尽管父亲比新娘大13岁，但穿着燕尾服的父亲看起来就像个大男孩。他的外套袖口挽了起来，要是再短一点，会更衬他的神气。她母亲洋溢的幸福令艾米丽感到惊喜。她试着想象照片中的两个人说着悄悄话，兴奋地奔向对方，在看不见对方的几个小时里，想念着彼此，然后一起生活在这个世界上，留下这一张定格在一秒钟的黑白相片。在这张婚礼照片旁，母亲没有写下任何字迹。

艾米丽翻过一页，发现了几张父亲从婴儿时期到成年的照片。其中一张照片里，他站在年轻的斯坦·洛维瑞旁边——两人微笑着——站在一座宏伟的灰色古建筑前面。她的父亲心无旁骛地微笑着。斯坦的表情仿佛诉说着他已经知道这张照片会拍成什么样。他们是普林斯顿大学的新生，在优哉游哉的1898年的3月。

旁边的那一页上有一张唐纳德·斯图尔特抱着两个婴儿的照片。她的父亲透过眼镜看着相机，几绺金发挂在前额上。照片下面写着：

唐纳德、艾米丽和迈克尔，孩子们出生的三天后——1912年6月26日。

唐纳德从知道孩子即将出生起（并不知道是双胞胎），就对孩子充满了爱意，在我告诉他的那一刻，他便成了孩子们的父亲。

艾米丽想象着照片中的男子等待着孩子们的降临。他想要一个男孩还是女孩呢？艾米丽思索着。9个月等待一个孩子的降生，应该是一段漫长的时间。

她记得4年前，她在学校里，从一个叫桃乐丝的女孩口中第一次听到了有关婴儿的事。桃乐丝告诉过她，男人和女人是如何结合的，使用哪些身体器官。男人将某个部位，放在女人的某个器官中，9个月后，就有了一个婴儿。在知道这件事后的某个晚上，艾米丽躺在床上，想起了有关男人和女人结合的描述，腹部突然有种奇怪的感觉，促使她将手掌压在她的肚子上，慢慢地握起拳头，她的内心既困惑又喜悦。在孤独或者害怕的夜晚，她经常会这样做。随着岁月的流逝，艾米丽养成了这种习惯，独自一人时就会把手按在她的肚子上，感觉着那种令人惊异的——生命力。在茶房与斯坦谈话后的那天晚上，艾米丽想象他站在卧室的门口，轻声地说话，然后，她再一次在自己的肚子上轻轻地画着圈。

父母用9个月的时间来思考给孩子起什么样的名字，想象孩子就在怀中的生活。10月到次年6月，她和哥哥在1912年6月出生。她的父母的婚礼照片：1911年12月12日。

玛丽说过，你的母亲和父亲非常相爱，有些人告诉你生活很简单。

"但只有妓女才会让男人把他们的东西放在那里，我的妹妹这么说的。"桃乐丝·艾伦告诉艾米丽。

"那爸爸和妈妈呢？"艾米丽问桃乐丝。

"那不一样……爸爸和妈妈结婚了……妓女是不会结婚的。"

但是生活并不简单，玛丽告诉过她。

艾米丽又望着父母婚礼当天的照片。她的母亲和父亲，穿着华服，郎才女貌，母亲感到一阵头晕目眩，下意识地按压着自己的下腹，他们被那疯狂的冲动所控制，找到一个地方做了一件人人都知道的秘密。除了小孩，大家很快就会知道。这一切是多么不诚实，全世界都想要隐藏这个秘密。

楼下的声音通过地板传了上来，现在该把相册收起来，把钥匙也放回门框上了。

在10月的这个下午，凯瑟琳·波默罗伊敲响了前门。迈克尔开了门。他们走到房子后面，沿着通向小河边那座小屋的小路一直走，一路从特拉华河走到树林里。凯瑟琳说话，迈克尔跟着点头。他们在树荫下停了下来，望着彼此——迈克尔背对着房子，凯瑟琳侧着身对着他。

"好吗？"她问。

"好的，告诉他们，可以的。"

"你和你母亲说过这件事吗？"凯瑟琳正面望着他，瞪大了眼睛。

"没有，当然没有。她知道了……会失去耐心的。"他说。

"失去耐心。我猜也是。"

迈克尔前倾着身子，吻了凯瑟琳的嘴唇。她没有回应那个吻——也没有抗拒，只是踮起了脚。

他退后一步："可以了吗？"

"是的。"

"那你不会告诉他们了？"

"是的，是的。"

"很好。这件事暂时不要告诉别人。艾米丽心事比较重。至于我母亲，最好也不要让她介入进来。我会自己过来——请转告他们。"

她离开房子后，迈克尔在路上徘徊。他穿过草坪，来到他经常去的树下，在蜘蛛网下坐下，望着河流。

23. 你好，天真的陌生人

见到凯瑟琳后的星期六早晨，迈克尔穿过特拉华河沿岸的树林，在那光秃秃的树木之间弯弯曲曲地走着。他拐了个弯，看到一缕青烟，循着踪迹，看到了抽烟的人。

"早上好，兰德尔先生。"迈克尔说道，那身形高大的男子映入眼帘。

"早上好，迈克尔。"兰德尔先生那深沉的声音透过烟雾传过来。兰德尔先生把烟管叼在洁白的牙齿之间。"今早特别适合在森林里散步，你说是不是？"

"是的，先生。"

这个大胡子男人伸出手，握住了迈克尔细瘦的手指。

"好了，"兰德尔先生说话间放了迈克尔的手，"我们走吧？"他转过身，指着前面那条被两排树木夹护的小路。

他们安静地走着，所到之处，树木间便响起一阵冬天里懒散的沙沙声。小路上被斑驳的树叶铺满，树枝的倒影落在其上。兰德尔先生用烟斗敲了一下额头，仿佛在抚摸他的胡子："迈克尔，不知道你有没有发现你妹妹的天赋很特别？她是个了不起的女孩子。"

迈克尔说他意识到了。"艾米丽的天赋是大多数人无法理解的。"

大胡子男人点点头，双手在背后握着："是的，很有天赋。大多数人无法想象这样的事情。想不通吧？肯定是。"

兰德尔先生不急不缓地走着，迈克尔便跟着他。

"我还想知道，你有没有发现自己的能力，迈克尔。你所做的也非常重要。我观察过你：我知道，我也知道你知道的。如果没有你的帮助，我觉得艾米丽的天赋就无法发挥到最大限度。当然，这些话我是不必告诉你的。你自己能感觉到的，迈克尔。"

迈克尔看着前方路上纷纷散落的树叶。

"我想让你明白，虽然你还小，但是你已经非常了不起了。大多数人都不会理解这一点，但也有人能像我一样看透。我观察过你的举动，我能看明白。而艾米丽——对于一个如此年轻的女孩来说，可以得到这么强大的天赋……想想都觉得不可思议。这个世界上，有许多人永远无法理解它，你可以这么认为，但也有许多人对这种事情了如指掌。还有许多人，在其他地方，对你妹妹的天赋和我一样兴奋，这样的人有多少，你想都想不到。这是毫无疑问的。我已经见识过了。看看那些女士们。"

一瞬间，迈克尔仿佛看到铺满落叶的小道上，站着几位女士，她们的身影是那样的虚幻。

"正是我想到的那种人，他们明白这样的天赋有什么意义。你和你的妹妹对于这些女士来说，不仅仅是小孩子。在你们两个人的面前，见证这样的奇迹，也让他们变成了孩子。还有很多很多像她们一样的人——在你不知道的地方，我的孩子。"兰德尔先生的烟斗里吐出蓝色的烟雾，在他身后弥漫着灰色的氤氲，"好了，我知道像你这样聪明、好奇的年轻人肯定想知道我为什么要见你。"他说，"我相信你一定在等一个答案。"

迈克尔很欣赏兰德尔先生一丝不苟的态度："你说的没错。"

"当然。迈克尔，我这个人喜欢开诚布公。我想和你还有你的妹妹谈谈——你很明智，自己来了，于是我们就能像此时此刻这样说话——我想和你谈话，这样我就可以告诉你一件事，然后给你提供一个建议。你感兴趣吗？"

迈克尔点点头。

"好。你也知道，两个人要有一定的共识才能继续下去。这个故事是关于一个我认识的年轻人，他其实是我的一个好朋友，唯一一个能让我托付一切的人。这个年轻人多年前生于贫困家庭。迈克尔，你从来没经历过疾苦，这是你的不幸，希望你别介意我这么说。"

迈克尔毫不畏惧地看着兰德尔先生的眼睛，勉强地摇了摇头："何来介意？"

"那就好，那就好。"兰德尔先生说完，岔开了话题，"我刚刚也说了……这个年轻人虽然出身贫寒，但是很聪明，很有耐心，有点天赋。在没有接受过正规教育的情况下，他决定不惜一切代价变成一位绅士。他认清了自己的出身，决定尽其所能了解世界的运作方式，尽力而为。因此，他逮着机会就请教老师，学会了很多知识。拿着书本一个人大声朗读——要是某个时期只能拿到一本书,就把它读了再读。他学到了关于世界和人们的知识——和你一样——他也学习了有关自己的事物。其中一件是你和你妹妹最近才了解到的——那就是,他是一个敏感的人,对他周围的人的感受很敏感,对大多数人可能忽略的事都很敏感。有段时间,他甚至当起了魔术师。"

迈克尔礼貌地低着头,一步步走着。

"艾米丽的这种天分,一直有你的协助,这个天赋结合了敏感和神秘。我这个年轻的朋友也发现了自己的天赋,和艾米丽的天赋并不完全相同,你懂的,但都有着类似的美感和风格。他自己发明了各种各样的花招和诀窍。所以这个可怜的年轻人,从书本和老师那里学到知识后,将其转变成为他的优势,于是他进入了这个世界,大放异彩。他所做的还不止于此:他征服了世界。他进入了那些年前忽视他的人的家里和俱乐部里。我的这位年轻朋友受到各种有权势、有教养的人的热烈追捧。像你这样的孩子肯定见过不少这样的人。有贵族、暴发户、皇室。你能想象我的这位朋友,曾经还在母亲桌子下面捡面包屑,后来却站在欧洲的贵族、淑女、皇帝面前吗?是的。"兰德尔先生挥舞着手臂,仿佛能将这些领主和淑女的形象刻进迈克尔的脑海,"他参加了许多市长、参议员、州长家的盛大聚会,见到了诗人、画家、剧作家、舞台剧演员、钢铁大亨、石油大亨、文人,等等。他用自己的坚忍、聪明、勇气和判断力看到了这个世界。他得到的一切都是属于他自己的。我和你说过,他交的这些新朋友吧?他们都很崇拜他。他以他们喜欢的方式满足了他们的需要。这位聪明敏感的年轻朋友让这些优秀的人非常开心,他们依靠他一次又一次的帮助,缓解他们的悲伤,减轻他们的孤独,用安慰和希望抚慰他们痛苦的心。他们崇拜他。为什么不?他带来的这种快乐是我们任何人都无法企及的,我的孩子。"

迈克尔看着前方的路,轻轻竖起耳朵听着身旁这个高大的男人说出的每一个字。

"我这个年轻的朋友当然也犯过错误。在几次冒险中,他失败了,他轻信了几个野心巨大的人——比他的野心还要大——于是就碰上了麻烦。有起有落,迈克尔,这就是活在世界上的命运。他一开始错了,后来又做了错误的决定,于是身边再也没有支持他的人了。所以,他有时不得不重操旧业,这是他始料未及的。最后,他发现,这样的为生办法毫无美感,也没有意义。他仍然掌握着人们的欲望,技能娴熟,但他必须重新站稳脚跟,从头再来。掌控世界的人一定会遭受这样的挫折。这是勇敢生活的一部分,迈克尔。我们每个人都可以选择勇敢或不勇敢——冒险或不冒险。他再次找到了自己的立足点,做得很好。他找到了新的朋友、同事和赞助者。世界上充满了有权势、有手段的人,他们的需求等待着满足。充满激情的人们,像我们这样懂得这一点的人可以满足他们。他们能够欣赏这些美好的天赋,并且渴望以实物来回报。千万别以为只有老妇人和孩子才会喜欢这样的事情。"兰德尔先生把烟斗倒过来,手腕快速地拍打,将烟灰倒了出去,另一只手将新的烟草装进了烟斗。接着，他拿出一根火柴，划着后放在烟斗旁，点燃了烟草，舒心地吐出一口烟雾。"这个年轻人用他自己的聪明才智取得了这一切成果。他所得到的一切都属于他自己。"

两人走到了树林的尽头。

"现在，迈克尔，我有个建议。我希望你和艾米丽能同我一起到世界各地旅行——欧洲、亚洲、非洲——我希望你们能去见见我的一些朋友。那些人懂得欣赏你们的才华，何止欣赏，他们简直要爱上你们。当然，我需要你妈妈的同意。也许她可以和我们一起去。"

一想到母亲收拾自己的行李，准备和兄妹俩以及兰德尔先生踏上意念发声的世界之旅，迈克尔便忍不住大笑起来。这想法与艾米丽召唤死者一样的不可思议。但是，兰德尔先生的生活本来就建立在不可思议的事物之上，把别人不敢想象的事情变为现实。

"我母亲对这种事情不感兴趣。"迈克尔平静地说。

兰德尔先生舔了舔舌头："我明白，我明白。我也想过这种情况，但也许可以说服她。有时候人是需要一点推力的。"

"我的母亲比较固执。"

"当然，当然。我没有其他的想法。不过，你是一个有说服力的年轻人。也许你可以和你的黑人女仆谈谈——我认为她对你母亲有很大的影响，是吧？我知道这个仆人还会和你们家里人一起坐下来喝茶。你们的宽容真让人佩服。"

"玛丽碰到这种事情，比我的母亲更没耐心。"迈克尔说。

"我敢肯定你对这些情况最了解了，我只是想说这样的事情没有得到公众的普遍接受。别光看到那些女士们和拉迪莫尔夫人,她们是例外——你以为拉迪莫尔夫人的英国血统不会给她带来特权吗?还有伯爵夫人?不要被蒙骗了,迈克尔。但话说回来,最重要的是——不管尼洛瓦夫人有没有俄罗斯的贵族血统,或者她和其他女士是否相信这件事,我都把决定权交给你。"

迈克尔想象着女士们都坐在一起,在那个客厅里等着他们,她们都以为宇宙中存在着没有死亡的世界。还有多少像她们一样的人?在那只存在于梦中的地方,那远离拉文伍德,远离那漫长而安静的日子。大大的房子,遥远的海岸,古老的城市,剧院和脚灯,以及一片渴望的目光。"我想你大概希望我快点给出一个答案。"他说。

"你的聪明真让我感到惊讶。你对这种事情真的很了解。是的,我将前往欧洲,到莱茵河流域去看望一些好朋友,然后再去法国和意大利。我将离开近两个月。我的船后天起航,不知道那个时候你能不能给我一个准确的答复。请原谅我在这么短的时间内要求你回复我,但有时我们必须在最短的时间内做出最重要的决定。"

"两个月后你会回来吗?"迈克尔问。

"如果完成了重要的事务,两个月左右就会回来。"

"好吧,那就两个月。这段时间内我可以和我的妹妹谈谈,和我的母亲谈谈。我会好好考虑的。"

大胡子男人的眼睛闪闪发光:"我相信你,迈克尔。也许我应该在登船前与你的母亲见面?好让她认识我,这样以后也方便再联系。"

"不，这主意可不好，先生。你回来时我们再谈吧。"

"那你会认真考虑这件事吗，迈克尔？"

"是的先生。你放心吧。"

"很好，我的孩子。我很希望再次见到你，到时候我一定会有新的故事讲给你听。我期待再次见到艾米丽，并与你的母亲交谈。我们该走了，女士们正等着我们呢。"

"请替我和女士们说声抱歉，"迈克尔说，"我现在要回家了。"他转过身，沿着原路往回走。

"我们两个月后见，迈克尔。"兰德尔先生在他身后喊道，那洪亮的嗓音中充满了他对这次谈话过程的满足，充满了鼓舞与友情。兰德尔先生毫不怀疑，迈克尔为什么要回家，他的话语中饱含着对自己的祝福。"代我向艾米丽问好。"

迈克尔低着头在干枯的树叶上走着。在他身后的树林里，兰德尔先生开始唱起一首歌，歌里唱着遥远的地方和船只上的号角，唱着广阔的大海、星星和遥远的北极光。

24. 帕特里克

10月的第二个星期,一个温柔的夜晚,阿尔伯特出现在门口。艾米丽让他进来时,他向空荡的楼梯瞥了一眼。

"我父亲还想见见你。"

"他非常不高兴,"艾米丽说着,坐在附近的椅子上,"上次去的时候。"

"你能来看看他吗?他最近很糟糕。"阿尔伯特把手塞在口袋里。

楼上传来迈克尔的声音。他会将她对邓恩先生的秘密拜访当作背叛,阿尔伯特的参与则会更使他恼怒。或者他可能会觉得这件事很有趣。邓恩先生让她帮助他寻找自己的儿子,在他的房子里和艾米丽一起玩游戏,最后欲罢不能。迈克尔一定会笑出来的。

"好的,"她说,"什么时候?"

"越快越好。"他说,这时,迈克尔走下了楼梯。

"你们这里开了一个秘密俱乐部吗?"迈克尔说。

"别担心,迈克尔。要是没有你的掌管,谁也不敢在这里做这样的事情。"艾米丽说。

"最好是这样。"

艾米丽站了起来，阿尔伯特道了晚安，然后，艾米丽夹着她的书往楼梯那边走。她走到楼梯时哼着小曲，隔绝了两个男孩子的声音。

接下来的星期六早上，阿尔伯特在家外的路上与艾米丽会了面，并带她来到客厅，邓恩先生正等待着她。阿尔伯特的父亲坐在他第一次见艾米丽时坐过的椅子上。他目光闪亮，但比上次见她时更加温和了。艾米丽记得他的嘴巴很薄，有种不确定的感觉。

"你可以走了，阿尔伯特。"邓恩先生说。

阿尔伯特一言不发地走出房间，关上了前门。艾米丽突然想起邓恩夫人，不知她在哪里，也许是在附近的某个地方养精蓄锐吧。

"请坐。"邓恩先生说。

艾米丽坐下来看着他。他也平静地看着艾米丽，湿润的双眼反射着照进屋里的阳光。她没有寒暄，也没有找乐子来缓和气氛。这不是闲来串门，她知道。过了一会儿，她说："你准备好了吗？"

10月的第三个星期，艾米丽在邓恩先生黑暗的起居室里，再次面对着他。他的脸色一次比一次紧张，他的眼神更加苍老、恍惚。

"你好，艾米丽，"他说，"请坐。"

"邓恩先生——"

"情况很糟糕，艾米丽。我只敢告诉你。"

"当然了。我明白的。"

"那么,"他说,"我现在准备好了。"

他问了几个问题,听到回答后都长舒一口气。帕特里克已经不再痛苦,不再孤独,现在他过得很快乐,终于得以安息。艾米丽回答每个问题时都很用心,始终想象着她与帕特里克之间的联系十分脆弱,每过一秒,便更加难以感知他的存在。当她睁开眼睛时,她看到邓恩先生的视线越过她的头顶,望着墙壁,好像忘记了时间。当敲击声告诉他儿子已经安息的时候,他似乎真的感觉到了。这不是摆脱了疲倦,这是一种一瞬间的接受,如果已经发生的一切不似想象中那样尽如人意。她有时会想,这种表情在她母亲的脸上会是什么样子——如果她带她妈妈去茶房,并对妈妈说,我需要你帮我把他带到这里,妈妈会做何反应。

"你会再来吗?"邓恩先生问道。

"会的。"她说,她的胃似乎在她体内同时扩张、收缩着。她等待着,希望他说现在自己的心里已经安定下来了,说她的帮助很有效果,她可以离开了,不需要再来了。"是的,"她说,"好,我会的。"

10月下旬,邓恩先生再次叫他的儿子来到拉文伍德。艾米丽对与邓恩先生的上一次会面思考了良久,不止一次想要将这些秘密的会面告诉迈克尔。但不知何故,她无法一边想象那昏暗的客厅和邓恩先生那遥远的平静,一边考虑迈克尔的事。

艾米丽考虑了兰德尔先生的方法——等待线索，进而推断，在合理的范围内借机行事，就算发生了意外，也会被原谅、被遗忘。当她想要模仿他的技巧时，艾米丽突然愣住了。有一个风险——在她所承担的所有风险中——似乎太大了。她还不如模仿兰德尔先生的魔术。但上次见过邓恩先生后，她就不敢肯定了。她想象着他坐在那儿，听她说着对这个风险的担心。在她想象中的这个地方，邓恩先生举起一只手制止了她，然后说："帕特里克，你能和我们说话吗？"

当阿尔伯特再次将艾米丽带进家中时，他带她穿过客厅，通过前厅，停在楼梯前。上面是一条黑暗狭窄的走廊。

"我父亲在书房里。"他说。

"我要不要在另一个房间里等他？"

"不用。他想在楼上见你，他正在等着你呢。上去敲右边的第二扇门就可以了。"

艾米丽站在楼梯下，抬头望着黑暗的走廊。她深吸一口气，踏上了第一个台阶。

右边的第二扇门正对着她，没有犹豫，她敲了两下门。邓恩先生的声音透过厚重的门板传到外面："是的，艾米丽。请进来。"

房间里有几排高大的玻璃书柜，里面装满了书籍。邓恩先生坐在一把椅子上，旁边的壁炉里烧着微弱的火焰。昏暗而跳跃的火光照在他的脸上，投下深邃的阴影。

"请坐。"他的手指了指旁边的空椅子。

艾米丽坐下来，和邓恩先生四目相对。她感受着自己的呼吸，肺部温柔地扩张和收缩。尽管她有些担心，但她还是来到邓恩家，决定尝试一下兰德尔先生的方法。有些要讲的话，邓恩先生不能讲，也不知道该怎么讲。回荡在空气中的敲击声就是邓恩先生需要听到的声音，但是如果她能让帕特里克先生与邓恩先生说话，用话语打破家中的寂静……也许，也许吧。她不能直接离开这个地方，让这里比她来的时候还要糟糕。毕竟，她已经走了这么远。但她很快就得离开了；虽然她无法接受这其中有多少是自己造成的，但也不否认她不能不断地返回这里。

"邓恩先生，"她说，"我有话要和你说。"

他慢慢地把视线移到她的身上："怎么了？"

"邓恩先生，我一直在做奇怪的梦。"

他垂下眼帘，好像预料到艾米丽会说什么："这样啊。"

"关于帕特里克的梦。其实是同一个梦。梦里的画面不太清楚——我看不到他——梦境也很短。"艾米丽闭上了眼睛，"他从远处，从一片雾中向我走来——他在跟我说话。"

"说话。"他说。

"是的，说话。我听不清他在说什么，但他一直在说同样的话，他想让我听到。他从雾中向我靠近——我知道是他，即使我看不真切——他还是一直在说话。我跟着他来到茶房——"

"茶房？"

"我们玩耍的地方，靠近玫瑰园。这是我第一次通灵的地方。在茶房里我更容易感知到鬼魂。在我的梦中，帕特里克把我带到了这里。"

"啊。"邓恩先生恍然大悟，"这样啊。"

"然后我不再试图看清他，而是努力地听他说话。最后，一些微弱的、断断续续的声音传到我的耳朵里。"她睁开了眼睛。

邓恩先生僵硬地坐在椅子上："你的声音呢？"

"没有其他鬼魂曾试图以这种方式接触到我。起初，我很害怕。"

他哼了一声，漫不经心地听着艾米丽的话。"你随时随地都能这么做吗？"他问。

"我不确定。这只发生在我的梦中。但在你的帮助下我想我可以，我想试一试。"

"你需要我做什么？"

艾米丽躺在床上的时候就想到了这一刻。她要以前所未有的方式在黑暗中与邓恩先生和帕特里克会面——她会释放自己，她要变成一个工具。她会让这个男人瘫在椅子上。她要到一个迈克尔从未想象过的黑暗之地，那些女士们，甚至邓恩先生都始料未及的地方。邓恩先生会相信，因为她会和他一起带着信念去到那里——这是她永远无法向哥哥解释的事情，这是他做不到的事。"我需要你帮助我把他带到这里。集中精力把他带到这里来。"她闭上眼睛，摊开手。

"邓恩先生？"

"怎么了？"

"我需要你再次告诉我关于帕特里克的事情。你记得什么说什么。"

"但我已经告诉过你了——"

"拜托了,邓恩先生。隐瞒情况是没有用的。"

"隐瞒?"他说着,好像这个词对他来说很荒谬似的。

"尽你所能地告诉我吧。"

邓恩先生沉默了一会儿。黑暗吞噬了宁静。

他犹豫地吸了一口气。

"帕特里克出生于1900年2月,我记得他是秃顶的。我告诉过你他是一名运动员……大家都非常喜欢他……他有很多朋友。他是一个帅气的小伙子,非常英俊。所有女孩都喜欢他,其中一些女孩我不喜欢,但他想要得到我的同意。我的同意很重要,而且,他想让他的父亲以他为荣,而我确实是这样的。你很容易为帕特里克这样的男孩感到骄傲。他明白我担心他,他明白我必须尽到父亲的职责,必须小心行事,让一切井然有序,防止事情出错。总是要选择,但他的选择很艰难——总是把事情搞得很复杂。我也担心这一点。我担心他会变得很懦弱。这是另一个选择:懦弱还是坚强。我曾向他解释这一点。这个世界不是我创造的,不是我把它变成这样的。"

艾米丽不再继续从邓恩先生的话语中寻找帕特里克,而是自己想象着帕特里克出现在她的面前。她闭上眼睛,看着一个年轻的士兵从黑暗中走了出来,越过邓恩先生的肩膀。他穿着一套制服,就像她父亲穿的那件一样,如果她的母亲没有将它藏在阁楼壁橱里,他们会让父亲穿着这件衣服下葬。这名士兵身材高大健壮，发型帅气，和阿尔伯特一样，他面容坚定，但仍然带着孩子气。他的双手放在背后。他略微尴尬地看着艾米丽，希望被人认出来，又不愿意打扰别人。

"他是我见过的孩子中最好的一个。一个细心的孩子。你应该看看他的房间。他会建起一座又高又直的塔楼，咧嘴冲着我笑。

"他知道秩序的重要性——我知道这一点。我知道他知道。帕特里克本可以做出正确的选择。他很尊重别人。成年人喜欢与他交谈，说这不像是跟一个男孩说话。他很严肃，很周到。他尊重别人，体贴别人，知道事情的重要性。"

士兵将目光转向邓恩先生。士兵的脸上满是阴影，他的眼睛像深不见底的洞穴。

"他不明白我为何担心他。我希望他受人欢迎，有很多朋友。他忍不住交朋友。但是那些人，他们也会利用你。那是另一回事了。那些人，他们会接近你，控制你，等待一个机会。'笑一笑，'我告诉他，'但是别笑得太天真。不要让自己变得盲目。'他所有的那些朋友，所有这些女孩都在追随他。为什么他需要这样的朋友？这位新朋友，当我看到她时，我知道那个人有问题：长得很奇怪，在帕特里克身旁像个神经病似的。"

艾米丽寻找着士兵的脸。是邓恩先生之前提到的那个女孩，那个朋友吗？

这名士兵平静地看着邓恩先生。

"这么多女孩，帕特里克花了这么多时间！"邓恩先生发出一声厌恶的声音。一些话堵在了他的喉咙。

"继续说，"艾米丽在黑暗中说，"说出你想要说的一切。我感觉到帕特里克就在附近。"

士兵将目光转向艾米丽，从黑暗中看着她。他的眼中闪着光，好像充满了怨念。

"他的这位朋友来自纽约市……我告诉帕特里克这件事是多么的荒谬，有些事情是不自然的。帕特里克的母亲——如此的盲目，真是个傻瓜。'你不觉得上帝在看着这一切吗？'我对他说，'上帝看得见你，帕特里克。你不知道这样的人会把你变成什么样。'我告诉他：'看在上帝的分上，有点男人的样子。'这个朋友牵着他的鼻子走，玩儿完了，就把他甩了。事情就是这样，因为这是帕特里克自己选择的。"

士兵僵住了，好像准备离去，退到了阴影之中。

"'但这就是这些朋友所做的。'我警告他说。他们去寻找下一个乐子了。我一看见这个人就知道她是什么样了。'帕特里克，我的上帝，让她走吧。做一个真正的男人。'我试图告诉他过了这段时间就好了。'你只是个男孩……帕特里克，这样对你不好。'我告诉他，'你还有机会，帕特里克。上帝会宽恕你的。宽恕是多么容易——你只需要承认你需要被宽恕，然后争取它就可以了。'然后他就参战了。他告诉我：'是男人就要打仗。'"

"好的，邓恩先生。"艾米丽说。

"他走了,被杀了,所以我才知道……"

"邓恩先生?帕特里克在这里。"

那个士兵越过邓恩先生的肩膀看着艾米丽。

"我可以听到,"她说,"我听到他在说话,但听不清楚。"

邓恩先生在等待着。艾米丽感觉到他发出一阵微弱的颤抖。她手臂上的汗毛都竖起来了。

"帕特里克,"艾米丽说,"说他不能停留太久。他不能告诉我这是为什么,但他希望我们明白,他会尽可能待在这里。"

士兵动了动嘴唇,慢条斯理地说着无声的话。

"他希望能和你亲自说话。"

邓恩先生发出一声小小的声音。

"他希望他能再次看看这座房子。他谈起一个老邻居,一个对孩童时期的帕特里克非常友善的人。"

"威廉姆斯先生。"邓恩先生说,"那个住在那边街角的人。他总是给帕特里克讲些古怪的笑话,为了逗他开心。威廉姆斯先生前段时间过世了。"

"是的,帕特里克知道。帕特里克回忆说,你非常喜欢威廉姆斯先生。"

"威廉姆斯先生很招人讨厌,总是打听别人的隐私。但他喜欢帕特里克。"

"即使是现在,威廉姆斯的笑话也是帕特里克的珍贵回忆。"

她一直都知道帕特里克不在那里,但那个沉默的士兵看着艾米丽，说着无声的话语。她不得不看着他，看着他的嘴唇嚅动，听着她听不到的声音，将空白的信息填满。但是，她很难控制自己，这与艾米丽或迈克尔告诉女士们与那些逝者失去了联系相比，有一种既相似又不同的感觉。

"帕特里克小时候喜欢玩具，好像是一只木狗？"

邓恩先生沉默了一会儿。

"一匹木马？"

邓恩先生清了清嗓子："是的，我出差回来的时候带了一个木马给帕特里克。它有一个亮红色的马鞍。帕特里克当时只有两三岁，5岁之前他就把它弄坏了。我很惊讶他会记得这件事。"

"帕特里克走了之后，想起了很多之前不记得的事。"

邓恩先生吸了一口气。

士兵紧闭着嘴巴。

"帕特里克正在谈论他的狗，他非常爱那只狗。他似乎很关心这座房子的事情，因为他非常想念这里。他还想说些别的，可他说时间不够了。"

士兵向后退了一步，消失在艾米丽和邓恩先生所处的黑暗中。

"他说他很抱歉，他很想念你。他很抱歉没有从法国回到家。"

邓恩先生呛了一口气。

"他知道你有多爱他——你有多担心他。他希望你知道他一切都很好。"

邓恩先生双手掩面，发出咕噜咕噜的喘气声。艾米丽觉得她的话卡在了喉咙里。她在黑暗中急促地呼吸,想要克制住自己。

"他希望你知道他什么都明白,他来告诉你,他已经原谅你了。他了解了一切,他会原谅你。"

邓恩先生透过指缝艰难地呼吸着。"好的。"他竭力克制地说。

艾米丽睁开了眼睛。邓恩先生坐在她面前,手捂着脸,身体颤抖着。艾米丽等待着——她想要靠近他,走到他身边,但还是坐在椅子上。那片黑暗消失了,而他还在这里。她看着自己握着的双手,直到邓恩先生坐直了身体,抬起头来。

"他走了?"他问。

"是的。"

"他会回来吗?"

"我不知道。"

"但我们会再试一次。你会再来看我的。"

"是的,邓恩先生,如果你愿意的话。我们可以再试一次。"

"好吧。我想现在一个人静一静。谢谢你,艾米丽。我需要休息。"他没有从椅子上站起来。

她走到门口,看着那红着眼睛注视着她的男人。"一切都会好起来的。"艾米丽说完,走出书房,穿过黑暗的大厅,走下楼梯,来到大门前,在强烈的阳光下,眯起了眼睛,想象她何时会再回来。

25. 被埋葬的历史

距离艾米丽上次独自进入母亲的卧室，已有将近一个月的时间。她一直在研究她出生的细节和她父母的婚礼当天的情况，将之与桃乐丝·艾伦告诉她的话、教堂牧师的话和其他人那里听来的话一一比对。成人的姿态，成人的谈话。她认为兰德尔先生必须考虑到人们所说的和所做的事情以及人们之间的距离。她看到兰德尔先生并没有动，就能冲她眨眼睛。

艾米丽想，别人会怎样看待她去邓恩先生家里拜访的事，进而想到了自6月以来围绕通灵聚会发生的一切事情。她想起了那张照片中她父母年轻时的样子。

他们知道什么？他们能知道什么？规则。她感到自己超越了规则，有一点惊讶。这里有一种孤独的感觉，但也很惊心动魄。她的父母显然已经超越了规则。随着时光的流逝，她渴望在相册中再次看到他们年轻的面孔，看到他们生活在一起时的片段。

在11月初的一个星期天下午，一个机会终于出现了——这个机会并不理想，只有一个空房子，但似乎足够了。她的母亲下午在费城市中心与斯坦·洛维瑞散步，漫步于艺术博物馆，在高档餐厅吃午餐。迈克尔和阿尔伯特·邓恩出去玩了。玛丽坐在阳台上翻账本，用铅笔来来回回写写画画。艾米丽知道，这件事要花费她好一会儿时间。在这种情况下，她母亲门上的钥匙呼唤着卧室里坐卧不安的艾米丽。她来到她母亲的卧室，然后爬到阁楼上，手里拿着那本相册。

她翻阅着相册里的照片和笔记，有些很熟悉，有些是最近刚放进去的。有一张她失踪的迈克尔舅舅小时候的照片——艾米丽一眼就认出了那种逆来顺受的眼神。在照片中，他站在拉文伍德的门廊上，阳光从他的左边倾泻下来，把他照得更显瘦削。迈克尔·沃德，14岁，他很让父母担心。在这么一个敏感的家庭里他更为敏感，迈克尔即使表现得很友好，也总是与人保持距离。迈克尔的悲伤在他周围形成了一个圈，但他的欢乐如此光明纯净，比他的绝望更可怕。她的曾外祖父罗伯特·沃德在画廊上俯视着河流。她的曾外祖母，有一张小而紧闭的嘴，穿着蕾丝长袍抱着一个婴儿，长袍拖在地上。伊莲·沃德和雷吉纳，1867年的夏天。有人出生，有人去世，有人结婚。所有人的眼中充满了未知数。

艾米丽翻到之前的几张空白页，现在放着五张照片：她的曾外祖父罗伯特·沃德、姑外祖母雷吉纳、外祖父乔纳森、她的舅舅迈克尔和她的母亲。在每张照片旁边，有她的母亲一笔一画的白色字迹。这几页的布局与其他几页不同，她看着照片和白色的字，感觉口干舌燥。

照片里的罗伯特，正值中年，他站在他们家房前。他的眼睛，即使是在那古老的、朦胧的照片中，也很犀利。他脸上洋溢的幸福感染了艾米丽。罗伯特梦想着这样一个地方，并使之成为现实。这是一个让家族奔向长远而繁荣的未来的起点。当他梦想的一切都将消失的时候，他拿着一个瓶子走上画廊，朝河面望去。他的灵魂依然存在，然后这个地方真正成了他祖先的家园。一天下午，罗伯特在那里打盹时，雷吉纳摔下了河岸。

照片里的雷吉纳，坐在前面的台阶上，穿着一件黑色连衣裙，领子皱巴巴的，一只小花猫被抱在腿上，脸色比艾米丽在其他照片中看到的更明媚、更欢快。雷吉纳，15岁，那个人们永远不会谈起的，注定死去的女儿。她是意外跌落在河岸下，还是故意跳了下去？只有乔纳森·沃德回忆起零星的细节，后来再也没有人谈起这件事了。大家曾经目睹过雷吉纳从梯子上摔下来，而那天，却没有人目睹雷吉纳摔下河岸的那一刻。

照片中，茶房外的乔纳森在强烈的日光下眯着眼睛。

照片拍摄时，他已经人到暮年。乔纳森，他父亲的儿子。他想把这个地方改造成孩子们的乐园，避免他们对生活的渴望得不到满足。他教给他们希望，又躲进画廊里不愿承担他们的希望。他从来没有拿起那个瓶子，像他的父亲那样走到尽头，好像这便能改变什么。

照片中的迈克尔舅舅叼着一根烟站在阳台上，看着一条狭窄的鹅卵石街道。他对着相机笑了起来，他的表情有些夸张，仿佛一直在笑。迈克尔·沃德在西班牙瓦伦西亚，1912年。离开家的时候总是幸福的。只有某些特殊的场合回到家后，在拉文伍德逗外甥女和外甥笑的时候，他才真正开心过。就像他的祖父罗伯特一样，他试图借酒浇愁，却毫不起效。他试图在旅行中结交朋友，却迷失自我。然后有一天他失去了自己。1914年5月的一天，他给了艾米丽一个吻，登上了一列开往纽约的火车，然后就从世界上消失了。

照片中还有艾米丽的母亲，穿着浅色的派对礼服，年轻又漂亮。照片里，在她身后的河上，排列着船只，迷失在光影中。艾米丽也在那里，内奥米·沃德，为丈夫即将归来的那天感到开心。随着岁月的流逝，我发现很难做一个积极向上的女儿、充满希望的妹妹。快乐的时光持续得越来越短，不安和退缩越来越长，越来越难以平复。不久以后，它变得像我父亲的椅子一样。有一天，我站在站台上等着火车，一列我已经坐过几次的火车。突然间，我感到世界正在我的脚下溜走，速度快得惊人。

艾米丽的手从相册上缩回了大腿上。她的心跳在她的耳朵里嗡嗡作响，但她听不到。她母亲在河边的照片似乎从她眼前一点点消失了。

等等，她想。稍等片刻。

艾米丽还来不及思考，就翻到了下一页。她朦朦胧胧地意识到，这一页原来是夹着一捆照片的地方。她思考着这件事。那捆照片最上面的一张是她的外祖父的相片，他疲惫的双眼，布满皱纹的脸。乔纳森·沃德，1911年3月，在他去世前的几个月留下的影像。

艾米丽凑近那张照片，眯着眼看着一个她从未认识的男人的脸。那张脸背后的想法她不得而知，相机另一边的人也不得而知，成了永恒的谜。外祖父乔纳森是一个感情细腻的人，他可以和朋友聊几个小时，和妻子、家人几个礼拜却只说几句话。他告诉艾米丽："生活不是一件简单的事情。"两天之后，乔纳森·沃德将自己吊死在拉文伍德房屋尽头的马棚里。在他锁住的一扇前门上，贴着一张给管家的纸条：

吉姆，
　　你会在楼上的后房里发现我。你自己过来——不要让任何人跟着。看在上帝的分上，不要让孩子们靠近这里。我要为这件事跟你说声对不起，吉姆。告诉大家我很抱歉。告诉我的妻子我很抱歉。

艾米丽合上了相册，她的手在颤抖。她在强烈的阳光下猛地站了起来，一阵眩晕。空气中的尘埃在从小窗透过的柔和光线下飞舞着。她起身，相册掉在地上。她把相册抵在膝盖上，坐下来。突然间，阁楼上出现了太多的灰尘，窗户外投进了太多的光线，房间周围有太多的阴影。

"该死的。"艾米丽自言自语道，她几年前听到她的父亲在不知该说些什么的时候，也说过这句话。"该死的，该死的。"她"砰"的一声把相册扔在脚边的地板上，接着是毫无缘由的沉默。

她把相册捡起来，匆匆穿过房子的大厅，跑下楼梯，穿过餐厅，把相册拿得远远的，好像拿着一包炸药，最后来到阳台上。玛丽坐在那里翻账单，用铅笔写写画画。玛丽抬头看着艾米丽的脸，露出惊喜的表情，但当玛丽看到了这本相册时，脸上的表情变了。

艾米丽走到桌子旁，重重地把相册放在桌上。

"你的外祖父不是个坏人。"玛丽说。她和艾米丽在河岸边沿着庄园周围的一条小路漫步，"他就像他的父亲——我告诉过你罗伯特·沃德——是一个善良的好人，但是……郁郁寡欢。你的外祖父是一个郁郁寡欢的人，通常是这样。他总是控制不了情绪。我看到你的外祖父在几分钟内从高兴转变为沮丧——然后一整天，或者一周都保持这样的状态，甚至更久。他总是对我很好，但他有时对你的外祖母很残酷。他会长时间冷落她，冷落所有人。你的母亲总是为此而苦恼。自然，她想要他的赞许。她也得到了，他对她很用心。可他把她拒之门外。

"多年后，他去了马棚。我记得吉姆找到他的那天早晨。我相信那是我一生中最漫长的一天，以前也不是没有度过漫长的日子。那时你的外祖父生病了，精神上出了问题。这件事给家里人造成了很大的阴影，你的母亲一直没有走出来。她当时18岁，而你的外祖父已经告诉了她所有他不能告诉妻子的事情。然后他去了马棚。他告诉你的母亲，因为他知道她更坚强，她会原谅他。这是很多人想要的，被原谅。"

艾米丽仿佛看见邓恩先生湿润的眼睛，她听到他求她再次拜访。尼洛瓦夫人几乎崩溃，她那盛气凌人的态度灰飞烟灭了。

"这些事情并不容易。你的母亲花了很多年思考这一切。我觉得你母亲厌倦了对这些事情避而不谈，这就是为什么她把照片收集在相册里的原因，你知道的。为了你和迈克尔，她不想永远隐瞒这一切。你母亲不敢谈论这一切，但她也害怕永远不谈论它。"玛丽转向艾米丽，看着她，直到艾米丽也看着她的眼睛。然后玛丽转过头，恢复了轻松的神态，继续向前走去。

艾米丽仿佛看到她的母亲坐在阳台上，多年来，她的目光变得模糊，注视着窗外的河流。

"在我来这里之前的那些年，"玛丽说，"那段时间，你的曾外祖父、雷吉纳……我听过一些传言，但我没什么发言权。我已经把我听到的告诉了你。但我看到你的外祖母是多么的辛苦，她比你的母亲更努力地想让你的外祖父开心。一切努力都是为了幸福。"玛丽摇摇头接着说，"就好像你会在楼梯下找到一个盒子，把它放好。你的舅舅迈克尔离开世界，为了寻找幸福。没有人知道他找到了什么。我希望是平静，你妈妈也是这样。她从来没有真的为他难过，而是把他埋在心里。我相信她认为她可以拯救迈克尔，这就是为什么她以他的名字命名你的哥哥，为什么你的父亲同意她这样做，尽管他从来没有喜欢过你的舅舅。"

艾米丽看着她向前的脚步："迈克尔和我……像他们一样？"玛丽停下来，艾米丽也停下来，然后看着对方的眼睛："你和你的哥哥不像我认识的任何人。你明白吗？"

"知道了，玛丽。"

玛丽又一次大步走了开来，好像从未停止过。艾米丽跟在其后，想到了罗伯特·沃德明亮的眼睛和她母亲的笑脸。

"这就是我想说的，"玛丽说，"当她准备好了时，你的母亲将告诉你更多的故事。人们会在决定好的时候开始说话。你对暑假导师，霍尔特先生，了解多少？"

"我知道他喜欢看书，他会画画，还会吹口哨。"

"你知道霍尔特是霍森伯格的缩写吗？"

"呃，不知道。"艾米丽的暑假家庭教师，曾画过茶房和她的人，还要隐姓埋名，多么奇怪。

"霍尔特先生是犹太人，但他不经常说起这件事。不是每个人都喜欢犹太人——我想你已经发现了。"

艾米丽听说犹太人杀了基督，他们狡猾、自私和贪婪；他们联合起来抵抗外界，是不可信任的。"是的。"艾米丽说。

"他也很清楚这一点，所以他以霍尔特自称，人们让他辅导他们的孩子。有一天，我在门廊上和他聊天，他告诉我这些事——因为他突然间就想要聊天了。他曾看到我和你、你的母亲以及迈克尔一起吃早餐，所以觉得在这里不需要担心这种事情。"

艾米丽在树木之间看到了前面的马棚。

玛丽牵着艾米丽的手，带她走向另一条通向房子的岔路："一个人可以用很多方式过一种私密的生活，艾米丽——你遇见的每一个人都可以。"

"玛丽?"

"怎么了,艾米?"

"你的秘密是什么?"

"这个,"玛丽说,"留到下次再说。"

当他们走近房子时,玛丽停了下来。"艾米,"她说,"我无法原谅你偷看你母亲的东西。你懂的。在这种情况下,我可以宽容你,但你知道我只能做到这里了。"

"是的,玛丽。"

"我希望你答应我,你会及时告诉你母亲这件事。我不指望你等她从博物馆回家时,或者明天或者后天马上告诉她,但是要快点。我没有权利和你母亲说这件事,除非你不这样做。如果你没有告诉她,我也会知道的。我希望你向我承诺,除非你和她打过招呼,否则不会去你妈妈的抽屉里看那本相册。"玛丽在她们离开房子之前把那本相册放了回去,把钥匙放回门框上,"我需要你向我承诺。"

"我保证,玛丽。"艾米丽说。她知道,她的承诺只是缓兵之计;她知道这一点,但很快就忘了这件事。而眼下的事,则远远超出了承诺的重量。

回到比平常更安静的房子,迈克尔来到阁楼寻找一些东西,加入到他和艾米丽更新过的表演中,一些又新又旧的东西,来自拉文伍德的东西。他从箱子里开始寻找，双手摸索着几个月前搜寻过的东西。他站在一堆箱子旁边，双手叉腰，扫视着它们。它们的形状和标签很眼熟，那里只有旧物，没有新的。迈克尔的目光落在衣柜门上，那里没有新东西，不值得打开。

他越过阁楼并打开衣柜门，里面更加黑暗，有更多的盒子。他拿起一个白色的衣袋，感觉着衣服的材料，袖口上的纽扣。迈克尔拿起衣架，将衣袋从拉杆上拉出，把它放在他的面前。衣服很长，盖在了他的脚上。他用空着的手将衣橱门关上，并将衣袋放在胳膊上，几件大大小小的制服晃动着。迈克尔把衣袋拿在眼前，手臂伸过头顶。木地板上的一声巨响让他想起了金钱的味道。

一把长而生锈的钥匙，形状是皇冠下捧着心的双手。迈克尔见过这样的设计，是在房间尽头离楼梯最远的餐厅的一个长椅上。没有鸟类或玫瑰的雕花，取而代之的是一双优雅的双手保护着一颗戴着皇冠的心脏，比钥匙上的雕刻更加华丽，具有精致的边缘和空心的宝石。

迈克尔再次将衣袋放在手臂上，将钥匙放入口袋，并在通往楼梯的通道上关掉了阁楼上的灯。

1918年6月30日
星期六早上

　　内奥米在阳台上看报纸时,听到唐纳德从前门进来了。他径直从主楼梯上来了。她看不到他,只能听到他的脚步声。直到她听到前门打开的声音,内奥米才意识到她一直在等他回来,便无心再管报纸上的黑色印刷字。后院的草坪上,艾米丽和迈克尔正在玩纸飞机。白色的纸飞机在清晨的空气中翱翔,时而向上猛冲,时而弯弯曲曲跌向地面。玛丽坐在后门廊上,时不时地呼唤迈克尔,叫他小心掉下河岸,或者叫艾米丽不要用手臂扔,而要用手腕投掷。这对双胞胎一周前已经6岁了。有时候,内奥米为他们的成长速度感到惊讶,他们聊天的时候、玩耍的时候,经常提到成年人的爱情、孤独、失望、快乐与遗憾。有时,他们的见解似乎比成年人还明智,也许是旁观者清的缘故吧。

　　蜕去了成人的外衣后,这对双胞胎便回到了天真的孩童,欢天喜地不知时间的流逝。内奥米认为当童年结束了,记忆便不再被抹去。现在,纸飞机飞向天空还是坠落地面都无所谓。内奥米可以放纵自己徜徉在战争、疾病和当地名人的故事中。

唐纳德穿过上面的走廊,内奥米书房门"砰"的一声关上了。他躲在那里的次数越来越多。有一天晚餐时,大家聊了一会儿,饭后,唐纳德回到了书房,孩子们到后院的草坪上捉虫子去了。玛丽也消失了,她几周前发现内奥米和唐纳德很少聊天交流。玛丽知道他们俩不常谈话,但从不多嘴。内奥米和唐纳德谈起过孩子们,谈起过需要做的事情,以及他的工作。他们是负责任的成年人,早已不再是1911年时年轻的孩子,那个时候,他们的秘密就是他们的生活,两个人为彼此倾倒,毫无理智地冒险,自甘堕落。内奥米想起了他们第一次在一起的那个晚上,他极具魅力的谈吐,就连开玩笑都像是爱的表白,他渴望将自己奉献给她,将自己的过失、悔恨和所有记忆都奉献给她。她对他的渴望就像死亡,像是摆脱了死亡的恐惧,唯一不能接受的就是没有回应的爱——一只下游的鲑鱼,一只冬季里的蜂鸟。对斯坦·洛维瑞来说,她感受到了一种使她迷醉而鲁莽的激情,但这从来没有消除她对斯坦的本性的怀疑——如此迷人,却受过伤,情绪不稳定,真诚但从未停止过寻找自己和这个世界,想要寻到一个希望的理由,或者放弃的理由。在唐纳德身上,内奥米看到了一种美丽和悲伤,没有自怜。他并不关心人们的生活,但他不去强求世人,尤其是他自己。

在内奥米带领唐纳德走进茶房的那个夜晚,他们走的是那条秘密通道——唐纳德称之为罗伯特爷爷的花园小径,只为博她一笑——他想象着自己为她倾倒,被美好的未来和不可抗拒的吸引力带到爱的深处。当她第一次把他带到红砖房时，她觉得过去的挣扎和悲伤都在引着她来到此时此地，她似乎看到了海岸。黑暗中，他的双手放在她身上，月光从玫瑰丛间射向窗内。他的心脏在温暖的身躯中起起伏伏，嘴唇吻着她的嘴唇、鼻子、睫毛。他的犹豫和礼节消失了。他的舌头迫不及待地在她的嘴里探索着，下巴上噙着汗水。她解开他的裤子，感受着他的脉搏，他发出一阵呻吟。

但是，前两天晚上，在晚餐上，他们几乎没有说话，当双胞胎和玛丽餐毕离桌时，他们便隔着餐桌沉默着。唐纳德坐在桌旁看报纸，他没吃完的晚餐在他面前变冷了。内奥米坐在自己的位置上，看着另一张报纸，都市与艺术版面。唐纳德头也不抬地说，这场战争是对许多人的考验，而世界也在接受未来的考验。他又在看最近刚刚结束的贝洛森林战役，就在马恩附近。美国海军陆战队员与德国人进驻到这片森林，直至西部前线，引起了一片轰动。战斗结束后将近两千名海军陆战队员死亡。有人说战争结束了，这是对欧洲暴政的打击。希望被点燃了，而一面面挥舞的旗帜和一次次激昂的讲演更加鼓动人心。

在安静了几分钟之后，唐纳德的话语没有得到正面的回应，他放下报纸，说："内奥米，我得问你一件事。"

她抬起头，知道这场谈话不会是愉快的，但试图装作好奇而专心。他的脸色证明了她的猜测。他并不愤怒，但是很劳累、无奈，好像已经知道了什么似的。

"你和斯坦之间发生过什么吗？"

他以前从未问过。斯坦总是存在于他们的关系中，是个无形的影子。这么多年来，并没有成为重要的矛盾，而当他们不再互诉衷肠的时候，竟然还成了某种应景的谈资。这个问题最多只能算得上这些年来萦绕心头的一个结，无关紧要，所以她并不知道唐纳德是否对此有过顾虑，还是说这只是她多虑了。他们还有孩子要抚养，而斯坦离开了美国，就这么过了很多年。唐纳德和内奥米慢慢地渐行渐远，一开始不易察觉，就像被潮水冲走的沙粒，轻而易举。当唐纳德问出这个意想不到的问题时，内奥米意识到这个心结从未解开过。

"这问题从何而来？"她看着他说道，他一脸困惑。她只看到他的筋疲力尽："你晚上不睡觉的时候，也在想这件事？"

"我不想攻击你，我不想争吵。"他说，她毫不怀疑那是他的本意，"我只是想知道。我从来都不能确定。我只是想知道。"他那乞求的语气让她震惊，掩盖了她微弱的惊喜和他们之间的沉默感。她想去到他身边，她想从房间跑出去。

"没有。"她说，她空洞地说出这个词，"斯坦和我之间从未发生过任何事情。"

唐纳德看了她好一会儿，然后点了点头。他把报纸放在桌子上，站起来。"好的。"他说，然后离开了桌子。内奥米一直待在桌旁，听着他的脚步声，从楼梯上去，走到书房，体会着那个词有多么的空虚。窗外有一群萤火虫吸引了她的目光，她听到了艾米丽和迈克尔的欢呼声，看到他们在暮色中拿起的玻璃罐、河对岸的那排茂密的树木，以及天空中的蝙蝠。夏天的夜晚。

现在，内奥米听到唐纳德从书房走下来，在楼梯上拐了个弯，然后朝着阳台走去。他走进房间，他个子很高，他那金色的头发和医生的形象很不相称，虽已步入中年，却还带着年轻的精神气，只不过眼神疲惫而犀利。他发现她正看着自己，于是他停下来，站在门口。内奥米认为他看起来像是离开了一个多小时一样。他们互相看着对方，然后唐纳德走到窗前。这是他多年来第一次直呼斯坦的名字，这次，在他开口说话之前，内奥米放下了手中的报纸。

"我已经入伍参军了。"唐纳德说，看着孩子们抛出的纸飞机飞到空中，从高处俯冲到地上。

内奥米用手撑在桌上以保持平衡："你已经……什么了？"

"我已经入伍了。我去了征兵办公室并填写了文件，我已经报名参军了。我将在一周内离家，去训练。"他仍然看着纸飞机，他的轮廓在光线下呈现出一个剪影。他的眼睛呆呆地望着双胞胎，却没有仔细地看着他们。

"唐纳德……你怎么可以这样做？"内奥米几乎喘不上气了。她觉得好像有个结绑着自己的一切，现在那个结松开了。

"你现在不需要我在这里，内奥米，"唐纳德说道，转头看着窗外，"但这些士兵需要医生。我不是那个征兵办公室唯一的一个应征者。你应该看到他们——都是小伙子，青春年少。他们将要面临无法想象的恐惧，但他们愿意这样做。他们心甘情愿，内奥米。"

她仍然坐着。她无法忍受："那些小伙子一直在听阅兵进行曲的音乐，唐纳德。他们不谙世事，好像任何事都和参军有关系似的。"

"我不能在这里假装外面的世界不存在，内奥米。"

"那孩子们呢？你的工作呢？"她不敢问他，她该怎么办。她不会问出这个问题。

"工作可以再等等。我们处于战争状态，大家都明白这一点。"

愤怒涌向内奥米的胸膛，那个心结早被遗忘了："这就是你要告诉艾米丽和迈克尔的事？我们处于战争时期？"

"是的。"他说。当她像这样质问他的时候，他通常会表现得很沮丧，但此刻没有。他只是为木已成舟的事实站在那里，面不改色。"我会告诉他们远方的人们需要帮助。爸爸要去帮助他们。"这些准备告诉孩子们的话语，都是他由衷的想法。不知怎的，这一切好像不只是说给他们的也是说给自己听的。

内奥米感到眼泪在打转。她坐直了身体，直视着他的眼睛："逃避从来不是英雄的行为，唐纳德。"

"英雄。"他说，好像没听说过这个词似的。他回头看了看窗外。内奥米突然想象他将这个词像石头一样扔进河里。"我们需要分开一段时间，内奥米。"他说，仍然望着窗外，"这么多年来，我以为我知道我们的关系——丈夫和妻子。知道这些事实在太难了。"

随着岁月的流逝，内奥米发现自己也很难了解这些事情："唐纳德……"

"孩子们还小，他们不会记得这件事的。战争不会持续太久，就连德国人也知道。我会尽可能帮助那些士兵，然后回到家来。也许我们那个时候可以更顺利地沟通。你认为我们可以向艾米丽和迈克尔隐瞒多久我们的问题？他们很快就会知道，比你想象的更快。"

内奥米终于站了起来。她麻木的双脚走到窗前，站在唐纳德旁边。她没有伸手去触碰他。她的双臂垂在身体两侧。"这一切都是因为斯坦·洛维瑞吗，唐纳德？"内奥米说。

"是吗？"他的声音很冷淡。结局已定。

"如果我告诉你发生了什么事情呢？"她说，"现在会怎么样？你打算说什么？"

唐纳德双手插在口袋里。在内奥米看来，这似乎是一种无可奈何，这一瞬间，他们冷静的语调让她感到迷茫，但这种冷静不会长久下去。"我想说，战后我们再来谈谈吧。"他说，然后离开窗子，离开阳台，到了楼上的书房里。

外面，迈克尔跑着跳着，将他的飞机送进一股微风中，飞机在后院的草坪上向河流那边飞去，不再只是一张折叠的纸，而是插上了翅膀，在空中飞行。孩子们在后面追赶着，欢呼雀跃。玛丽从门廊走出来，提醒他们两个要小心，她自己也跟着孩子们激动起来。

Part 6

26. 与死人一起游泳

在11月第二个星期的一个下午,凯瑟琳·波默罗伊来到了拉文伍德,带了一封印有伦敦邮戳的信给迈克尔。

"奶奶叫我把这个给你。"她把信递给迈克尔,看着他的眼睛说。他接过了信封。

迈克尔在他的房间中撕开了这封信。

迈克尔:

我希望你和你的家人都很好。我要再过一段时间才能回去。你明白的。也许这正好能让你仔细考虑这件事。

我不喜欢写长信,所以我就长话短说了。我不能肯定何时会回到你那里,但我打算尽快见到你,我很期待能和你聊天。我相信你一直在做正事。

祝你一切都好

L. R.

迈克尔注意到落款上的字母"L"。他有一股将信揉成一团，扔进厨房垃圾桶的冲动。但是，他还是把信折叠起来，塞进他书桌上面的抽屉里。

三天后，阿尔伯特·邓恩再次来到拉文伍德，在书房里找到了艾米丽。

"父亲希望见到你，艾米。他让我告诉你他必须见你。"

她叹了口气，随即想起邓恩先生的眼睛，昏暗的书房。"好的，阿尔伯特。再来一次。"

艾米丽想，这是她最后一次来到邓恩家，最后一次见到那个眼睛湿润而犀利的男人。她的努力似乎根本没有消除邓恩先生书房中的阴影。她将不得不用正确的话语，用遗憾和拒绝来说明：邓恩先生，我最近过得非常辛苦；我发现自己无法长时间感知到鬼魂；经常无法感知到周围的魂魄；有些事情已经改变，最近事情变得非常困难，非常奇怪和困难。

……迈克尔在书房里找到了艾米丽，她正在读书。他手里拿着一个破破烂烂的信封，他从桌子对面拿来一张椅子，把信封放在艾米丽面前。

她瞥了一眼信封，又瞥了一眼迈克尔。

"我想知道你是否考虑过重操旧业。"他说。

"迈克尔。"她的声音有些不耐烦，"我原以为你早就厌倦了它。"

"艾米，你必须用发展的眼光看待这件事。首先我们为一群孩子表演，然后我们招待一群老太太。事情从一个阶段发展到了另一个阶段。"

艾米丽合上了书："也许妈妈可以出售门票。我们可以支起一个大马戏团的帐篷。"

迈克尔拿起信封，放在手中转动着。

"那是什么？"艾米丽问道。

"兰德尔先生的一封信。"

"惊人的安托因的信？"

"几周前我曾与他谈过一次。我什么事也没有告诉他。他不知道你是如何发出这些声音的。他知道这与幽灵无关，但不是我告诉他的。"

"兰德尔先生是不是想加入进来？这一切就是为了这个目的吗，迈克尔？"

他的视线从转动的信封上抬起来："差不多是这样。"

艾米丽把她的书放好，站起来："绝对不可能。让我猜猜，兰德尔先生想把我们送到百老汇演出。"

迈克尔再次把信封放在桌子上。他的眼睛和声音变得冷淡，刚刚的安逸与放松全然消失了："你想待在这里像妈妈一样老去吗？那是你想要的吗？你想要成为这个家里的一件家具吗？"

"迈——"

"你真没用，艾米。"

艾米丽猛地睁大了眼睛。

他向前倾身，瞪着她："你装作担心这些人的感受，怕玩弄他们的感情。事实是，你喜欢施展魔法的自己。"

"迈克尔——"

"你还说我不关心他们的感受，而你却让那些愚蠢的夫人们把你当作女王。你想要停下来的唯一原因是因为你害怕。你害怕走得更远，就是这样；并不是说你很关心这些人的感受。他们希望我们要他们，你也知道这一点——如果他们不想我们这么做，我们不可能做到那个地步，这一点你也很清楚。"迈克尔拿起信封，站起来，转过身，背对着桌子。

"迈克尔，不要就这么直接走掉——"

他转过来看着她，眼神明亮而厌恶："不然怎样，伟大的领袖？你会跑去告诉妈妈吗？"

"我们稍后再谈这件事，迈克尔。等你平静下来再说。"她打开门走到大厅里，在书房里的谈话仍然盘旋在她的脑海中。她走到主楼梯前，听到迈克尔在她身后的脚步声。她走下楼梯，从前门走过门廊，然后走到鹅卵石路上。11月中旬的空气包裹着她。她闭上了眼睛，呼吸着空气。

"艾米。"

"现在先别说了，迈克尔。"

他跑到她前面，叫住她，把他的话一股脑倒了出来："你再也忍受不了欺骗任何人了，是吗？你认为这些人需要真相吗？"

"别挡我的路，迈克尔。我现在不想看见你。"

"你担心这些傻瓜的感受吗？因为如果你担心，那更应该给他们他们想要的谎言。"

艾米丽看着她哥哥疯狂的眼神，比他平时若有所思的目光更加直截了当。一阵怜悯之情刚刚在她心中油然而生，迈克尔却又说道："是不是因为他们对你来说很重要，你才觉得他们的感情很重要？"

"因为他们对任何人来说都很重要！"

迈克尔退了一步。"艾米，"他说，听上去口干舌燥，"艾米，听着……我们可以解决这个问题。想想办法，先听我说。"

"不。"她喘了一小口气说道。迈克尔的脸色逐渐回复了平静，让她觉得胃里一阵收缩："就这样吧，都结束了。"

她在门口停了一会儿，然后匆匆离开庄园。艾米丽在愤怒和悲伤的遐想中穿过街道，在黄昏下长长的阴影中来到了邓恩家的门廊，敲响了前门。里面有一阵声音传了出来，邓恩先生打开了前门。"艾米丽？"他说，好像多年没见过这个女孩，以为她死了似的。

"邓恩先生，我必须和您谈谈。"

她急忙从他身边走进客厅，在中央停了下来。邓恩先生跟着她："怎么了？"

她曾试图缓解他的痛苦，他会明白的。如释重负的泪水从眼角渗了出来："邓恩先生，我很抱歉，我不能再来拜访您了。我非常抱歉。"

"怎么了？发生了什么事？"

"邓恩先生,关于帕特里克的一切都不是真的。"

"关于帕特里克的什么不是真的?"

"我无法联系到帕特里克,我感知不到任何人。这只是我用脚踝发出的一个声音——"她脱口而出。

邓恩先生的鼻子颤抖着:"这是怎么回事?"

"邓恩先生,我不是想要骗你,我只是想帮助你。那只是一种我能发出的声音。"艾米丽伸出右脚,放在邓恩先生的视线之下。她发出了一个明显的敲击声,接着又发出一声。"我想做多少就能做多少。"她说,"起初,这只是一场游戏,后来我想要用它来帮助别人。"

邓恩先生的视线从艾米丽的脚上移开了。他沉着脸,面色苍白,他的目光黑暗而凶狠:"不对。我当时在场。那是真的。"

"邓恩先生——"

"你是一个该死的骗子。"他说。

"邓恩先生,"她说,"求您了。我说的是事实。"一滴眼泪从她的脸颊流下。

邓恩先生退了一步,仿佛艾米丽在狂笑。

"你怎么能阻止我见我的儿子?不要告诉我什么是真的,我知道什么是真的。你在撒谎。你以为你能阻止我吗?"

艾米丽倒退了一步:"邓恩先生……"

"滚出我的房子,"他吼道,"你给我滚,你这个骗子。马上离开这里。"

艾米丽冲出前门,来到暮色之中。她简直不敢相信她受到了邓恩先生的咒骂——她从家里赶来,却遭到了这样的对待。她不敢相信。她沿着街道从她来的地方匆匆往回走,紧紧地抱着自己,只能看到她周围隐约可见的光影。

阿尔伯特看到他的父亲双手捂着脸坐在客厅里。"有人来过吗?"他问。

他的父亲没有回答。他的手指后面发出了一个低沉的声音。

"父亲?"

邓恩先生放下双手,看着阿尔伯特,干涩的泪痕印在他的脸上,闪着光。

"怎么了?"阿尔伯特问。

"我受不了你用你那笨拙、空洞的眼睛看着我。出去,离开这里。"

阿尔伯特面对着父亲,后退了几步,睁大了眼睛,大得好像占满了整张脸。邓恩先生转过身去,不再看阿尔伯特。这个男孩已经消失了。

阿尔伯特像艾米丽那样逃出了房子,但是内心更加混乱。自从艾米丽回到街上以后,夜色更浓了。阿尔伯特随着脚步离开了房子,痛苦地呼吸着。寒冷的夜晚笼罩着他,他走出了街道,来到河边的树林。他匆匆穿过树林,站在河岸上。他的呼吸变得困难了,他的嘴里发出一阵微弱的声音,随即又在阴暗的树木中平静下来。星星的倒影闪耀在河面上。阿尔伯特的身体颤抖起来。在星星之下，他感到羞愧和厌恶把他的伤痛变成了一种冲进他腹部的毒药。他在闪闪发光的河流旁的草地上呕吐开来。

当他直起身时，什么也没有改变，只有他那笨拙、空洞的眼睛看到的星星和他胆怯地不敢游过去的河流。阿尔伯特用手擦了擦嘴，然后麻木地看着他手掌上涂抹的"毒药"。他想到把手伸进河里，让寒冷的河水把他的痛苦带走。他走到高高的河岸边向下看。最后的一抹黄昏还挂在河面上，夜晚的冷空气席卷而来。他从一些杂草间来到河岸底下，想起了那些古老的游魂，确信他们一定明白那种羞耻、恐惧和厌恶的情绪。阿尔伯特见过人们白天在这条河里游泳，也见过迈克尔从丛草蔓生的岸边朝着更深的水域游去。迈克尔是一个强大的游泳者，不怕鬼。阿尔伯特想象着自己像迈克尔那样轻松地潜入水中，冰冷的河水将他吞没，而那些古老的鬼魂会在他身边游泳，远方的星星倒映在河面上。

27. 暗影之谷

凯瑟琳·波默罗伊沿着河边走着,看到有什么东西冲上了河岸,被芦苇缠绕着,随特拉华河的水波来回荡漾。这里是河流的一条支流,非常适合一个人散步。她慢慢走近那浮在水上的东西,看到一个帆布包裹,看见芦苇丛下面隐约出现了苍白的人的手指。一张臃肿的脸上,双眼紧闭,柔软的嘴巴在水下吐着气泡。"哦。"凯瑟琳自言自语着,坐在褪色的草地上。她认得这张臃肿的脸,可以从那扭曲的五官认出这是一个她从小就认识的人,一个她从未仔细观察过的脸,此刻却出现在水面之上,出现在她的眼前,好像这个人来到岸边,在她旁边思考着那个漂浮的布兜是做什么用的。不过她并没有这样想过。她走在河边,哼着歌,这突如其来的场景让她觉得,即使在最瞌睡的下午,也可能发生奇怪的事。

凯瑟琳的意外发现一下子就传开了。消息首先传到了拉文伍德,这里距离那具尸体漂浮在河上的位置不远。她恍惚地、踉踉跄跄地跑到了拉文伍德,认为这座房子里有懂魔法的人。迈克尔应了门。她没法说话——她不能哭,她几乎不能呼吸。"迈克尔,"她最后说，"河边……芦苇……"

好事不出门，坏事传千里。每个听到这个消息的人都有一种古怪的惊叹，不管那惊叹多么隐秘，一想到那浮在水上的可能是自己，或者自己的孩子——但其实并不是——霎时间一股电流席卷全身。大人和孩子都看到邓恩家的房顶上罩着一层黑幕。他们知道，一个小棺材会从前门推出来，然后是一群穿着黑色衣服的人们。

举行葬礼的这两天，拉文伍德的日子寂静如水。两兄妹的母亲不让他们去上学。艾米丽被一切发生过的事搞得头昏眼花，想不到这些事竟有如此大的影响。这件事让她寝食难安。这是她第一次真正感受到自己像个死神，与死者有比生者更多的关系。在葬礼当天，她看到的所有墓碑（那些天使啦，方尖碑啦），都没有露齿的骷髅，不像她在她父亲的书中看到的那些图片一般。死亡——宇宙的笑话，伟大的必然。看着封闭的棺材，她感到被身穿忧郁服装的鬼魂包围着。这位牧师身穿白色大褂，在一片暗影的世界中闪闪发亮。他为死者祈祷。她想象着周围坟墓中的灵魂都聚集起来，在这11月的天空下向着四面八方飞去，他们低着头，以沉闷的语气说道：阿门。她的哥哥茫然地看着棺材，嘴角紧绷着。她的母亲站在她身边，对生者说着安慰的话："孩子们，想哭就哭吧。我们以悲伤纪念死者。"玛丽来到穿着黑色西装的迈克尔身旁。迈克尔的视线从来没有离开过这个小棺材。"我是复活，我是生命。"这位牧师说，他那悲伤的目光从灰色的天上落在棺材上，"信仰我的人虽然死了，却得到了永生。"

艾米丽对她自己、她的母亲、邓恩先生、她的父亲和那个男孩（阿尔伯特，他的名字是阿尔伯特），以及每一个生在这世界上、必死无疑的生物感到一阵恶心。人类看起来像是一个漫长的、幽灵般的游行队伍，在一个冷漠的世界上快速移动着，转眼间就消失了。

阿尔伯特的父母站在坟墓附近。邓恩夫人靠在丈夫的手臂上，空洞地望着前方。邓恩先生面无表情，看着天空和地平线隐约的交叉点。他从未看一眼艾米丽——葬礼上没有，教堂里没有，墓园里也没有。邓恩太太看了一眼艾米丽，她的眼睛淡漠而空洞无力。在她们眼神相遇的瞬间，艾米丽想起了邓恩家里黑暗的主卧室。她想象邓恩先生僵硬而严肃地躺在床上。

这位牧师说："当这种腐朽之躯脱离凡人之身，便将永生不朽，便可证明，死亡存在于胜利之中。"

在葬礼的那天晚上，艾米丽发现自己在梦境中坐在前廊，在夏日的一个下午坐在秋千上。天空是暗淡的青铜色，与以往的夏季日落的柔和色调颇为不同。夜幕降临，她坐在秋千上期待着一个人，一个远道而来的人。她看着她的客人要踩过的鹅卵石小路，小路上却一直没有人，前门也关着。她不得不从秋千上下来，去迎接他；她必须打开大门，让他进来，因为他已经走过了很长的路，穿越了很大的障碍。艾米丽站起来，沿着走廊的台阶走到小路上，要趁着天还没黑赶紧过去。她走了一小段路，将视线转向河流，看到阿尔伯特·邓恩站在河岸上，望着她。他脸色苍白，青一块紫一块，头发贴在额头上，衣服湿漉漉的，裹在他瘦小的身体上。他的脸是白百合的颜色，叶子在雨水中飘动。他的眼睛里有一种她从来没有见过的清晰的光芒。他用一种含混的声音说道："去找母亲。"那声音随着池塘上苔藓的气味一起传来。

艾米丽发出了令自己也感到惊讶不已的声音："阿尔伯特，我不能。她……我——"

"去找母亲。"阿尔伯特说。

"但是，阿尔伯特，求你——"

"你已经等了太久。"阿尔伯特说。

"我不能！"她朝河边溺死的男孩尖叫着，然后发现自己独自躺在床上。没有什么死去的男孩在她窗外的河边等她。但她担心他在那青铜色的夕阳中等待着她。艾米丽醒来后大约一个小时，就进入了没有梦境的睡眠。

感恩节过去了。这对双胞胎的母亲，不擅长安排大型晚宴的人，发现餐桌上莫名其妙地少了人，可从去年到现在，家里没什么人离开过。玛丽默默祈祷着。堆满火鸡和土豆的盘子放在了桌上。一个盛满浓汤的盘子在大家手中轮流传递，与桌子和碗盘发出碰撞的声音。11月的最后一个星期给拉文伍德带来了一个荒凉的寒冬。艾米丽等待着邓恩先生来到家里。她想象着他走上鹅卵石路，他的眼睛明亮而犀利。她有时想象邓恩太太穿着她在葬礼上穿过的黑色礼服和面纱，跟在丈夫身后。但邓恩先生从未走上鹅卵石路，街道尽头的那栋房子始终安静着。

艾米丽和迈克尔在这几周里没有提起过阿尔伯特·邓恩。他俩几乎没说过话。在去学校的路上，在餐桌上，在大厅里，他们像两个杀手，把尸体埋在树林深处，掩人耳目，却不相信对方——也不相信自己——能保守这样一个秘密。

艾米丽在12月的第一个星期六下午去了茶房。她站在门口，想象着雷吉纳在里面等着。她把手放在门把上，她的手指感到一阵刺痛，这让她想起已故的尼洛瓦先生的笛子。房门在冷空气下发出轻微的"吱呀"一声。屋内落上了一层薄薄的灰尘。她的手指划过桌面，看着那块擦掉了灰尘的桌面。角落里挂着几张蜘蛛网。艾米丽绕过桌子坐在她常坐的地方。她从茶房的前门向外望去，她刚刚没有关门，想象着一大群客人从门口排队，一直排到大门口，每个人都走了很长的路，为了和她见一面，感受她的魔力。死灵——这是那本假想之书中表达与死者交流的词汇——会从很远的地方来，虽然过去的法律禁止这种做法，可前来拜访的人还是排到了门外的街道上。她闭上眼睛，发出一声敲击声，然后又缓慢而刻意地敲了一声。这些声音与房门一样，在寒冷的空气中微弱地回响着。当她睁开眼睛时，她看到一个空荡的门口，前面是鹅卵石路和光秃秃的树木。

艾米丽站在椅子上，把手伸到门框顶上，发现一把钥匙在尘土中等待着。玛丽一直信守着诺言。艾米丽经常发现玛丽看着她，不知道何时玛丽会再次询问她那把钥匙、锁着的梳妆台抽屉和相册。此刻，艾米丽任事态随意发展，好让玛丽来找她，或者找她母亲，或者等着其他事情发生。

她打开了抽屉。三个信封绑在一起，像原来那捆照片一样，放在那本熟悉的相册上方。最上方的信封上，艾米丽可以看到收信方是母亲，寄信人的地址在罗德岛，寄出的时间在一个月内。艾米丽相信，她知道信封上的字迹出自谁手，然后，解开了绑在信封上的细线。艾米丽把第一个信封从另外两个上面抽走，打开了它，从里面抽出折叠的信纸。她的动作快速稳定，胸有成竹。

1925年11月16日

内奥米——

我在纽波特的父亲家里给你写信。在这个季节结束之后，我喜欢待在这里，所有员工都回家了，家人都在纽约。我也喜欢灰色海洋上的灰色天空（我知道——我喜欢的是它的阴晴不定）。但似乎在11月的下午，海面才会显得更加真实，更雄伟，更阴郁，更冷酷。你看？我可以将我的天主教派的忏悔之情融入任何事情当中。

内奥米，我写信来不是要谈论大海的。我想你已经明白了。我没有忘记我多年前的提议。我信守着我说过的每一句话，我仍然能感受到我当时的想法。我知道。你爱唐纳德，他是一个好人。有那么一段时间我也喜欢他，超过了任何人。但是在过去的几个月里，我只能更加确定我们现在拥有的和当时拥有的一切。我害怕吓跑你，所以一直无法解决这个问题。对我来说，写出我心中的想法总是比说出来容易；玩笑（一种没胆量的手段）似乎更加亲切。我最不希望变成一个聪明的人。

　　我离开的这段时间里，我放弃了很多。我思考过一段时间，这件事让我对你的感情、对其他的一切发生了变化。这些感情比其他的一切都要持续得更久，更久，但我希望它们已经消失不见了。然后我在6月来到拉文伍德。我来的时候只是作为朋友，我告诉自己。我竟然相信了它！停下车，看到你的那一刻，我知道我是在自欺欺人。当然，我当时不能透露出来，但当你从车里走出来的时候，我感觉差点晕过去。

　　我一次又一次地把所有东西都放弃了，只是为了在必要的时候逃之夭夭。我从未放弃过你。我试过了。当我通过朋友得知唐纳德在法国去世时，我差点就跑到港口去过关——我感觉自己像是一个食尸鬼。现在我为自己感到羞愧，但如果我不能诚实地对待你，对待这一切，我会更加惭愧。

　　这么久以来，你也一直很寂寞。我知道，尽管你不会说。而且你对我也有感觉，就像我一样——我能看出来。当你放下心理防备时，你的眼睛会说话，内奥米。请想想我说过的话。如果你愿意，我会在12月来见你。我将在纽波特待到本月底。我一直都在想着你。

　　　　　　　　　　　　　　　　　　　　　　　　　斯坦

　　艾米丽打开第二个信封，当她抽出折叠的信纸时，她的手指仍然平稳。就像一句谚语，死神面对死亡，必须公正无私，波澜不惊。

1913年12月18日

内奥米——

  我将在几天后前往欧洲，我不知道要去多久。我会经过你这里，但你知道，唐纳德和我之间的关系很紧张。他一定发现我看着你的眼神不对劲了。唐纳德现在一定很恨我——当他把我赶出去时，他的眼中充满了仇恨。我不该责怪他。我现在状态也不好。

  我希望这个请求不会让你以为是故作清高，实则令人讨厌，烦请与唐纳德谈谈。去和他谈谈。你们两个并不像以前那样亲密无间、开诚布公。我知道，我目睹着这样的变化，自私地幻想着希望的可能性。绝望而自私的希望。我观察着，看到了这个希望，所以我确定这对你们两个是一种威胁。清高的企图就说到这儿吧。

  美国对我来说不像个家，我认为离开一段时间对我有好处。我觉得我应该和你道个别，因为你是我离开时犹豫不决的唯一原因，也是让我真正离开的唯一原因。

斯坦

  第三个信封打开得更快，比前两个更加顺畅，所以里面的信好像跳到了艾米丽的手上。

1911年10月28日

内奥米——

　　我无法以任何体面的形式开始写这封信,我是这样的绝望。我受够了这一切。我不是一个刚刚尝过初吻的小男生。我已经记不清我遇见过的女人们都姓甚名谁(这不是在炫耀——我只是很焦躁)。你是我曾经拥有的最亲密的朋友,你怀了他的孩子,但我无法忘记你。我现在饱受折磨,内奥米。我的感情超越了友谊,超越了道德,超越了名誉。我以前很容易把东西拱手让人。现在也会的。我知道我疯了,但我希望你成为我的妻子,内奥米。

　　请原谅我。

斯坦

　　艾米丽穿过大厅,朝着迈克尔的房间走去。她敲了敲门。"迈克尔?"她打开门,屋内的床上乱作一团,书架上堆着很多书,还有几个旧玩具散乱地摆着,好像是为了留住童年的怀旧记忆。在书架上,一个小玻璃展示柜里面,有一只绿色飞蛾钉在黑色的毛毡上,引起了她的注意。她有一段时间没看到这只飞蛾和这个小柜子了。迈克尔两年前发现了这只快要死去的飞蛾,等它的翅膀不动了,他和艾米丽将它带入房子,进入阳台,在那里他们的母亲正坐着喝咖啡,看报纸。斯图尔特夫人说:"就像你父亲一样。"她看着那只死去的飞蛾。"它飞起来一定很漂亮。"她说。她走到阁楼上，带着木框展示盒回来，那本是放置珠宝首饰，挂在墙上作为观赏的，经过它的人会想起之前所做的一切牺牲。"这是你父亲的，"她说，"他看到你把蛾子放进去会很高兴的。"

"这是迈克尔的飞蛾，"艾米丽说，"是他发现的。"

"那这就是你的了。"斯图尔特夫人说，把盒子递给他。

"这是干什么用的？"迈克尔问道。

"为了放置你的蛾子。"她说。

在书房里，斯图尔特夫人找到一本关于北美昆虫的书。在一张小卡片上，她写下了"月球飞蛾"（Actias luna）四个字，以及这种飞蛾的生命周期。

艾米丽独自在迈克尔的房间里，绕过床，来到那只飞蛾跟前。它已经发黑了。当它脆弱的翅膀再也抬不起来的时候，蛾子变成了一种青绿色。在它的前翼上布满棕色的线条——那对称的斑点就像一片片小叶子——是刚刚长出翅膀的一周和生命的最后一周里，躲避猎人的武器，它的一生只有飞行、繁殖和死亡。长长的触须悬挂在干瘪的头顶。一个蓝色带白点的带子，挂在陈列柜的角落。她正准备去拿那条带子，突然听到走廊里传来"吱呀"的一声。在同一时刻，迈克尔在她身后说："有什么好玩儿的吗？"

她转身面对她的哥哥，站在门口。他看起来很疲倦，不像个13岁的男孩该有的精神面貌。

"没有。只是一只飞蛾。"她从书架旁走开了。

迈克尔在她周围绕了一圈,站在架子附近,他肩膀后面的飞蛾仍然闪着暗绿色的光。"你觉得怎么样?"他说,"该把这只蛾子挂起来了吧?"

她从大厅来到他房间里带着的所有怒气都消失了。她恍惚地说:"好,当然可以。但我们需要把其他东西和它挂在一起,比如,一只驼鹿头。"

"或者一个犀牛的头。这可能有点夸张。"

"那我们必须戴上头盔。"

"好吧,不要犀牛头了。但驼鹿头也会惹麻烦。从蛾子到驼鹿——这个跳跃的幅度有点大了。"他考虑了一会儿,然后面向她,"那土拨鼠呢?"

"土拨鼠是不可能的。另外,没有猎人可以抓住它。"

"对。那么我想我们最好把蛾子放在架子上,为自己省去很多麻烦。"

"我们可以把它挂在茶房里——"

一个微小但深沉的声音——掉落在地的那一刻,她愣住了。她匆匆来到这里,是想和迈克尔分享她刚发现的秘密,却发现自己无法享受她与迈克尔的美好回忆。

"不,"迈克尔说,再次看着飞蛾,"最好把它放在架子上。"

艾米丽下意识地从飞蛾跟前走开了:"是的。最好远离它。"

迈克尔走向门口。

她转过身跟上了迈克尔,说:"只是暂时的,迈克尔。"但他已经走远了。

28. 茶房

圣诞节来了。12月的午后，夕阳短暂，寒冷的冬季渐渐降临。一天早餐时，玛丽提议摆一棵圣诞树。那棵树上挂着些闪闪发光的水晶柱，是1912年唐纳德·斯图尔特送给他妻子的礼物。爆米花穿在长线上，缠绕在树上。空气中和手指上会染上一股清新的松木气息。玛丽会点起火，还有热巧克力。这一年将会慢慢过去。

在圣诞假期前的最后一周，一些教师，就算平时大部分时间里都很严厉，这时也会允许孩子们玩游戏。有些人甚至让孩子们上课的时候玩拼字游戏，猜重要的历史日期和数学谜题。年轻的学生用绿色和红色的纸做成装饰品，教师们把它们挂在黑板上和窗户上。在一次集会上，圣安妮学校的一位牧师讲述了基督的诞生。"我们必须记住，孩子们，"他以一种友好的语气说道，"在圣诞节那天出生的那个人因为我们犯下的罪被钉死在十字架上。请记住，当你享受你的假期时，上帝如此爱世界，他把他唯一的儿子奉献给了这世界。"

星期五日落后，过了很久，在明亮清澈的星空下，一个身穿白衣的身影在附近的街道上穿行，他的影子紧随其后。一串轻微的声响跟在他的身后,在夜晚的风中更显柔和。白色的身影拿着一个拐杖在身边,以维持平衡,好像一根占卜杖。这个身影并没有到处游荡——他方向明确,在这清晨的几小时中。

艾米丽在她黑暗的卧室中醒来,仿佛听到一种闷闷的声音——就像一声遥远的枪响一样——在她耳边回响。她屏住呼吸,望向黑暗,说服自己什么事也没有。从房子外面,另一个响亮的声音,透过紧闭的窗户传到了卧室里。尽管外面夜晚寒冷的空气分散了这个声音,但她认为它是从鹅卵石路上发出来的声音。她的皮肤紧绷着。她从床上坐了起来。

外面又响了一声,声音在房前回荡着,传到河流那边去了。

艾米丽从床上跳起来走到走廊里。一阵响声从迈克尔的房间传来,直到客厅里。迈克尔出现在门口,半闭着眼睛,向艾米丽眨了眨眼。

从玛丽的房间那边,传来沙沙的脚步声。外面,另一个响亮的声音在12月的夜晚回荡。

不,艾米丽想。不不不。

她跑下楼梯,穿过前厅。她把门上的门闩拉回去,将大门一下子敞开在晴朗的寒冷夜晚。在鹅卵石的车道下,茶房的门口,一个白色的身影前后摇摆。那个断裂的声音——夹杂着破碎的声音——通过敞开的门传到她的耳朵里,响亮地回荡着。

楼上走廊里的光线洒落在楼梯上,上面传来踩着拖鞋急匆匆的脚步声。艾米丽可以听出来,是玛丽和母亲的声音。

不，她想。回去睡觉吧，这是我的事。

艾米丽跑过门廊，走到鹅卵石路上，几乎没有意识到她赤脚下的冰冷石头。"艾米丽！"她听到母亲从门口传来的呼喊。

白色的身影离开了茶房，从门廊下面走出来。艾米丽在不到十码远的月光下，看见邓恩先生穿着睡衣和靴子。他喘着粗气，眼睛通红，脸部抽搐。邓恩先生的右手上拿着一把大锤，举在他和艾米丽之间。血迹沿着邓恩的手和锤子的手柄流淌。他的白色睡衣——有些地方弄脏了，染上了深色的污渍。

"艾米丽！"她的母亲从后面叫着，她的声音越来越近，从鹅卵石路上传来。

邓恩先生看着艾米丽，然后越过她的肩膀望着她身后，最后又看着艾米丽，他的眼睛转动着，缓慢地聚焦。

"邓恩先生。"艾米丽故作镇定地说，"求你。"她伸出手，晃了晃。

他退了一步，他的眼睛炯炯有神，瞪着她。"不，"他吼道，"你不能让他离开我。你不能埋葬我的儿子。"他视而不见地呆望着她，"上帝帮帮我，你不会把我的男孩埋在地下的。"邓恩先生来到茶房门口，用他的全部力量挥动大锤。门已经开裂成锯齿状的裂缝，中间裂开了一个大洞。门上的两个小玻璃窗也被打碎了，玻璃碴在房内的地上噼啪作响。

她的母亲来到艾米丽跟前，并将双手放在女孩的肩膀上，想把她拉回去。在她母亲的后面，艾米丽可以听到玛丽在说些什么，她那命令般的语气依稀辨认得出来,声音也在颤抖。

邓恩先生从那坏掉的门前退了回来,弯着腰喘气,望着黑暗的室内。他在那里站了很久,然后他的脸扭曲了,他向后摸索着。

"邓恩先生。"艾米丽听到玛丽用一种缓和的语气说。

他跌跌跄跄,勉强站起来,仍然望着黑暗的茶房,睁大了眼睛。大锤从他的右手上掉下来,重重地砸在鹅卵石路面上。邓恩先生又往后退了一步。

"邓恩先生。"玛丽又说。

在拉文伍德外的街道上,一些邻居走出了他们的房屋。一些穿着睡袍的人来到街对面,想看看究竟发生了什么事。

"求你了。"艾米丽说。

他的眼珠转向艾米丽、她的母亲和玛丽身上。他从她们面前转过身,望着大门。

"斯图尔特夫人?"一名男子的声音从街上传来。

艾米丽挣脱了她母亲放在她肩膀上的手,向前一步向邓恩先生伸出手。在破碎的茶房门内,出现了一个苍白而轻盈的身影,好像从天而降似的。

艾米丽乱了方寸,又惧怕邓恩先生和他的那把锤子,一时间忘记了呼吸。

那个身影在黑暗中露出了头部和肩膀,仿佛破碎的茶房门上有一只手,这是一张斑驳的、满是污渍的脸,用一双黑色的眼睛,望着邓恩先生。

邓恩先生转身朝茶房走去，脸上露出可怕的神情。艾米丽听到了他胸膛里的呼吸。这声音对她来说既遥远又令人难以忘怀，就像她的脚离开地面的那一刻，以及吸入肺中的冷空气一样。

迈克尔的脸从黑暗中浮现出来，艾米丽感到自己的脚底僵硬起来。

邓恩先生尖叫着，那声音就像是砍断大门一样。尖叫声从茶房传到后面的房子和河流那边去了。邓恩先生转身朝岸边的树丛跑去。

玛丽和斯图尔特夫人紧随其后。"邓恩先生！"斯图尔特夫人喊道，"邓恩先生，听我说！"

艾米丽站在那里看着迈克尔，他打开了那扇破门，穿着肮脏的睡衣走出去，好像刚从茶房下面爬出来一样。他看着他的妹妹，像个无话可说的人。

艾米丽把视线从迈克尔那里移开，转过身跟着玛丽和她的母亲跑了。

邓恩先生在光秃秃的灌木丛中横冲直撞，嘴里不断呻吟着。

"玛丽！"艾米丽的母亲呼喊着，在邓恩先生身后奔跑。他的呻吟变成了简短的尖叫，仿佛跌入了冰冷的特拉华河中。

1939年9月3日

　　战争终于来临了。两天前希特勒入侵波兰，横扫波兰军队。收音机里一直在播放这个消息。今天早晨张伯伦宣布英国参战，所以战争爆发了。昨天妈妈从伦敦那里寄来一封信，她说德国那边的危险越来越大。不知道她的下一封信会对张伯伦的演讲做何评价。我想她应该担心美国会像上次一样被卷进来，而且迈克尔会像爸爸一样跑去自愿参战。也许我应该指出，迈克尔不是那种自愿牺牲的人，但不知道这是否会有用。她不知道该对儿子报以何种期望。

　　罗斯福今天在电台里讲话了。我独自坐在阳台上，喝着茶，听着广播。他向我们保证我们将保持中立。但是，他说，他并不指望美国人在思想和身体上保持中立。

　　我坐下来喝了茶，听着广播。我以为我会独自在这个房子里窒息而死，但是自从妈妈和玛丽去了欧洲，已经过了两个多月，我过得还凑合。我快要变成一个嫁不出去的老女人了，整天听着广播，看书、喝茶。妈妈说她们很快就要回家了，所以我的隐居期即将结束。有时我会在晚上坐在画廊里，喝着茶，看着河流。手上的这本学术期刊现在是我生活的一部分——自大学后,我被埋在了论文、课业和评分之中。我把我的命运赌在解剖器上,那些神经症和痴呆症的解释,四年的梦想和痉挛,行为推理和临床兴趣。在弗洛伊德博士的每一幅肖像画中,在这个时代被捕捉和神化的每一个犀利的目光之中,我看到了詹姆斯·兰德尔,眨着眼睛,却没有真正地动过一下。学校会让我进入研究生院,可是时间从不停歇。我从架子上拿下那些旧的教科书,并像看星期天的报纸一样翻阅着。我想我会在听完广播、看完书、喝完茶之后再走。

迈克尔经常打电话,我们会谈论很多事情。他似乎没有几个月前开心,但寒冷的山间空气很适合他。妈妈本来希望他在完成法学院学习之后再隐居起来,但她不必担心。他不会逗留太久。我认为妈妈一段时间以来一直担心迈克尔会像她的哥哥一样迷失方向。我自己想象过:迈克尔留着毛茸茸的胡子,放弃了世界,为了追求他在印第安人故事中听到的那个萨斯克奇而失去了自我。但我认为他很快就会需要证实这世界仍然在这里。我不知道他自己会对这个消息做何反应。也许我会在他打电话给我之前打给他。

这一切让我想起了旧事。关于爸爸,关于1925年的夏天,关于茶房和其他的一切。很奇怪——我每天走过那个小红砖房。不知何故,如果我停下来看看那个地方,我才会想起它。我很少想起从餐厅通向茶房的砖砌隧道,尽管我一周内要从那里走几次。现在,隧道的入口已经砌上了砖块,但草地之下,还存在着那空荡的黑暗。我的过去闪现在我的脑海中,等待着被大脑唤醒。如果一个人想忘记就能忘记,想记住就能记住,该是多么伟大啊。

例如,今天下午我正走在茶房旁边,我看着草坪,寻找土拨鼠。土拨鼠——或者我应该说是这只土拨鼠;上帝知道这个地方有多少只土拨鼠——那只土拨鼠今年夏天非常活跃。或者是因为不够狡猾,总而言之,我见过它很多次。所以当我出门时,我会环顾四周。我经常看到它。我走过茶房去寻找土拨鼠,但没找到。我看着那个小房子,看着14年前换过的大门。关于这个地方的回忆,融进了古老的、不愉快的感觉中,聚集在一起,颇为真实。我想要忘掉过去,因为过去的事就该停留在过去。

第一个跳进我脑海的人不是阿尔伯特或他的父亲或雷吉纳,更不是迈克尔,而是兰德尔先生。那是我们在阿尔伯特去世前不到两个月遇到的难以捉摸的滑头,他想要重新开始,却结束了一切。

兰德尔先生完成了一些事情,然后又完成了一次。1月下旬,在妈妈知道6月以来发生的事情之后,她收到了一封信,是从纽约海德斯维尔一家旅馆寄来的。当妈妈拿着打开的信封走到阳台上时,我正在那里看书。她最近已经习惯了各种意外的打击性的神秘消息。"谁是J.兰德尔,艾米丽?"她随意地问道。

在我们头一年12月的所有谈话中,迈克尔和我都没提过詹姆斯·兰德尔的名字,所以我做了解释,迈克尔也解释了一下——告诉我他和兰德尔先生第一次在林中散步的细节。当我们告诉妈妈兰德尔先生最初是以惊人的安托因出现在贝基姑妈的聚会上时,她只是摇了摇头说:"当然了,就是他。"

妈妈向我们展示了这封信，字迹工整，整齐排列，除了小写字母r略低于其他字母。这封信是这样的：

斯图尔特夫人：

　　我还没有和你见过面，但我是你孩子们的一位朋友。正如你所知道的，艾米丽和迈克尔拥有非凡的才能，这与我以前见过的任何一对孩子都不同。如果你愿意，我会很高兴来到你美丽的家，并且亲自与你进一步讨论。你的双胞胎的天赋让许多人都很感兴趣，比你想象的要多得多。请告诉我什么时间方便上访。我将按照你的回信择日到访。

最好的祝愿
J.兰德尔

妈妈和我、迈克尔一起回复了信件，妈妈写完信后，让我们在将它封入信封之前看了一遍，才打发我们把信放入信箱。她把密封的信封交给了我们……好吧，其实她是交给了迈克尔，不过我们俩是一起来到邮箱前的——妈妈这样说："好了。我想应该可以了。"她的信很短：

亲爱的兰德尔先生，

　　谢谢你的好意，但我已经与艾米丽和迈克尔讨论过这件事，我们得出了结论。虽然我们很欢迎你来，但是您不必大费周折——不然我必须为律师和另外两名法官准备晚餐。

祝您好运
内奥米·斯图尔特

这封信也让我想起了一些问题——当时的和现在的——关于我的母亲当时可能写过或没有写过的其他信件。当妈妈花了一周的时间去纽波特旅行时，我忍不住想起了斯坦·洛维瑞，尽管已经过了很多年；当妈妈预订了通往欧洲的船票时，我的脑海里也浮现出一个类似的影子，尽管妈妈是和玛丽一起去的。我从来没有问过妈妈关于斯坦、他的信件或是其他的事情。随着时间的推移，我想也许有一天我会问的。但我最终养成了不追根究底的习惯，虽然偶尔还是会好奇。

其实，上面的那封信并不是詹姆斯·兰德尔先生寄到拉文伍德的最后一封信。还有一个留给迈克尔的小纸条，在几个月后达到，没有寄出的地址，绑在一个生锈的老式打字机的钥匙上，它的侧面有银色的野生生物。它的滚轮和旋钮下面有齿形的机关，像祭坛上的柱子一样。钥匙是珍珠白色的，光洁闪耀。当我发现有一台打字机出现在小路上，像个忠实的小狗一样叼着信封，好像是从一个紫色衬里的斗篷下揭开的。迈克尔把这个又旧又重的东西藏在了某个地方。他用它打论文，他的教授们抱怨字母r的位置很奇怪。

里面的纸条也很简短：

祝你好运,年轻人。如果你能接受它,还有个更大的世界在等着你。

据我所知,这是迈克尔从惊人的兰德尔先生那里得到的最后一个纸条,而这位老魔术师已经转向了更大世界中的其他事物。

当然,在所有这些茶房的回忆中,都有邓恩先生。我记得那天晚上他在茶房外面看着我,也记得他的眼睛、破损的衣服、锤子和血迹。迈克尔从茶房里走出来——我从小一起长大的哥哥。当他从黑暗中走出来,我才看清他,不是邓恩先生想象中的鬼魂。还有那重重的一摔。我以为,当我们到达河岸时,邓恩先生已经淹死在水下了。但在那里,他一只手臂撑着,坐在冰冷的河水中,喉咙里发出低沉的呻吟声。我记得我在玛丽和妈妈的带领下,梦游似的走下河岸。玛丽说:"没关系,你别动。我们来帮你。"邓恩先生让我们三个人把他从水里拖上岸来。我想,他没有挣扎,因为他的思绪根本没有从寒冷的河水中移走,只有他的骨头在雾霭中剧痛。他发出一声咕噜声,然后变成尖叫声,然后又低沉地呻吟着。玛丽拉着我的肩膀,看着我的眼睛。"快去,拿个毯子来,艾米。"她说。我爬上河岸,很庆幸能摆脱这痛苦的场面。迈克尔站在河岸的顶端,看着这一切。他的脸在月光下显得小而苍白。我永远也不会忘记这一点。在街上,我听到救护车到来,从6月份开始的那个梦终于结束了。

邓恩先生在很长时间后恢复了。照顾他的护士会不时地在街上碰到我，我发誓，她总是用冷酷的、谴责的目光看着我。我总是不理会她的目光。我的母亲支付了护士的工资以及邓恩先生的其他许多医疗费用——这是她在去年12月那天晚上事发后的两天内，与邓恩夫人商量好的安排。据说这些年来为了保护自己脆弱的神经，一直躲在附近的邓恩夫人，与妈妈一起坐在阳台上，镇定地安排好一切事情，完全不像一个用斧子袭击了茶房，又差点投河自杀的人的妻子。妈妈与邓恩夫人的安排稍微缓解了我的内疚——虽然用处不大——但我听说过一句俗话：乞丐没有权利挑三拣四。

邓恩先生一年前突发中风去世了。妈妈提出要为葬礼付钱，但邓恩太太告诉她她做得够多了。邓恩太太会埋葬她自己的丈夫，我想她是这样告诉我母亲的。尽管妈妈和玛丽去了，但我没有脸面去参加葬礼。我想给邓恩太太写一封抱歉的信，但也没有脸面这么做。

我经常想起邓恩先生脸上的表情，他透过茶房的破门看到了黑暗中的迈克尔。这种表情多年来一直萦绕在我夜晚的思绪中。我知道迈克尔对他来说似乎是一个幽灵，是更像阿尔伯特还是帕特里克还是两者的结合，我无法确定。但是，当迈克尔站在那个门口时，脸上沾着地下隧道的泥土，无论邓恩先生原本的计划是什么，他都忍无可忍了。

当然，那天晚上他来到茶房是来找他的儿子的。阿尔伯特是第一个告诉他茶房的人，关于那里的鬼魂。我把帕特里克给了他，然后又把他带走了。而在那个时刻，好像耶稣受难后复活一般，将基督升到天堂，再将他放回原来的废弃模子中，最后将他处死，并装入墓中。他从这个尘土飞扬的坟墓中被带走，被钉在十字架上，每一口呼吸都是痛苦。被带下十字架——殴打，蔑视，却充满希望，经过33年的时间被拖回到一个奇迹般的子宫里，这个子宫封闭起来，忘记了婴儿，给世界末日画上了句点。

不知怎的，信息传到了我们这里，因为街坊邻里的消息灵通程度，能让最僻静的家庭也受到影响。据说邓恩先生在阿尔伯特去世后停止了服药。我从来不知道这是真是假，但它和我脑海中的其他记忆碎片是相吻合的，同我躺在床上一遍又一遍回忆到的故事也很相似。在这个故事中，邓恩先生在他的嘴里放了一颗药丸，那是邓恩夫人带来的药片，还给了他一杯水，邓恩先生拿起水杯乖乖地喝了一口，邓恩太太一转身——或者在她拿着空杯子离开房间的途中——邓恩先生从他舌头下面取出药片，并将其扔到床边的废纸篓中。那个药是他最近在服用的一种，可他内心深处的黑暗无法忍受这药物的舒缓镇定作用。他又开始做梦———开始很慢，但很稳定。那天下午，他梦到了孩子们，梦醒后，与他们阴阳相隔。他无法忍受药物夺走了他的梦境，因为对他来说，做梦比一切都来得重要。

躺在他妻子身边的黑暗中，邓恩先生抬头看着天花板，还在想着那个梦。他等啊、等啊，等到妻子睡着了，开始深长地呼吸，他便从床上爬起来，那个梦在他的脑海中燃烧起来。他下了楼，从地下室里拿出一把大锤，偷偷跑到街道上。外面，黑暗的街道，他进了大门，走上车道，来到门前——这一切构成了邓恩先生和他儿子之间的距离。当他砸破了门，往里望时，看到那个苍白的男孩从地上冒出来，向他伸出手。迈克尔发现了在餐厅里的一个长椅上的门钥匙，这个门后便是通向茶房的隧道。后来，妈妈和玛丽解释说，这个隧道是我们的曾外祖父罗伯特·沃德的设计，包含在房屋和花园房的原始计划中。隧道可以容纳两个人并排行走，当初建造这个隧道是为了让艾德和罗伯特能够在众人不知情的情况下逃出房子。

迈克尔用一个古老的煤气灯独自探索了隧道的奥秘，发现了隐藏在茶房炉膛中的出口。当邓恩先生把他的大锤带到茶房时，他仍然没有决定是否与我分享他的新秘密。当他意识到那天晚上有麻烦的时候，迈克尔冲向了餐厅，冲过了黑暗的隧道，用双手摸索着前面的路。我曾问过迈克尔他为什么这么做，如果他以为他可以先从哪里出来，要是邓恩先生没有跑掉，而是往他跟前走，他会怎么做。迈克尔耸了耸肩说："我必须这样做。"我后来没再追问，尽管我想起迈克尔对我和邓恩先生的事并不全部知情，也不可能事先知道邓恩先生在那里。我想迈克尔和我一样，觉得无论发生什么事都是他的事，而且他必须一个人面对。

当我今天站在茶房外面时，我又想起了这个老故事，随即另一个故事也出现在脑海中。这个故事我记得更清楚，因为我从始至终都在经历着。它发生在邓恩先生摔下河岸十年后的一个12月的下午。我正打开房屋前面的一个窗帘，让阳光照进来，便看见两个女士站在茶房前面。即使从那个窗口望去，即使过了这么多年，我仍然一眼认出了其中一人。通常情况下，我会待在原地看着她们，直到她们离开。但那天不同。我穿上外套，沿着鹅卵石路走下来迎接我的客人，突然间感到有点愤怒。

在我看到尼洛瓦夫人之前，我就听到了她的声音。她和她的朋友戴着羊毛围巾和帽子，即使她们听到我的脚步声，转过头来，也没认出我。

"你们好，女士们。"我堆笑着说，"尼洛瓦太太，好久不见。"

尼洛瓦夫人打量着我。当时她肯定已经60多岁了，她的眼睛和鼻子周围起了皱纹。

"是啊，好久不见。"她说。"我只见过这个，"她指的是茶房，"从大门外见过。但今天我和罗莎一起过来了。"另一位女士听到自己的名字，便点点头。"大门打开了——平时很少打开——我想让她来看看，可以吧？"

"没关系，尼洛瓦太太。"我开始对自己的烦恼感到羞愧。无论当时，还是现在，在我看来，她是茶房的一员，但是她从没来过，所以她有权利来看看："我很高兴见到你。"

"是的是的，我也是。罗莎，这就是我跟你说过的女孩。"

尼洛瓦夫人的朋友罗莎再次点了点头。

然后尼洛瓦太太——从不喜欢聊天的人——说："我把这个房子的所有故事都告诉了罗莎，还有你的事——她之前听说过。但今天，门打开了，我就想……"她耸了耸肩，清了清嗓子。"你还干不干了？"她问。

我当时一定显示出了对这个话题的强烈不满，因为尼洛瓦夫人还没等我回答就否定了这个话题:"我明白,你不想被打扰了。"

"尼洛瓦太太。"

"不,不,不要不好意思。你永远都不必感到羞耻——一切都不是你的错,艾米丽。"她好像说出了积压多年的心里话。

尼洛瓦夫人和我望着彼此,罗莎装作没听懂的样子,看着远处的树木。

"走吧。"尼洛瓦夫人对罗莎说,然后她们转身从小路上走到了大门口。我看着她们离开,等她们走到门口,我又喊了起来。尼洛瓦夫人和罗莎满心期待地回过头。"尼洛瓦太太,我有些事情要告诉你。这是关于用意念发声的。"我预感他会开怀大笑,于是更加绝望,绝望到不能自持。一股说不出理由的、不可名状的愤怒油然而生。

"这是一个骗局,尼洛瓦夫人。这是我用脚踝做的一个技巧——现在我仍然可以做到。"

尼洛瓦夫人与她的朋友交换了眼神,然后冲我笑了起来。"我们不打扰你了,"她说,"我明白你想要平静的生活。我明白。"

"尼洛瓦太太,"我又成了一个百口莫辩的孩子,"我说的是事实。"我伸出右脚,想象自己回到了邓恩先生的起居室,把我的脚放在他怀疑的目光下。这样的回忆并没有帮助。我在12月的空气中发出了清脆的敲击声,两位女士看着我的脚,然后看着我。罗莎面无表情,就像旁观别家人吵架一样,无法介入。

尼洛瓦夫人摇了摇头,一副慷慨而宽容的姿态,好像一位圣人接纳一个自傲的傻瓜。

"但是——这是一个骗局!我可以随心所欲地做到这一点。"为了证明这一点,我发出了一系列声音,稍微调整了一下速度。

她伸出手握住我的手:"我们走了,我们不会打扰你。但是,只要你愿意,你可以随时来看我。"她伸出手来,向我表示她的真诚。她靠得很近,对我眨了眨眼:"你知道——他们不会再烧死巫师了。"然后两位女士沿着街道走了。我一个人站在路上,有点喘不过气来。我突然想要迈克尔的陪伴。我回到路上,感觉自己是方圆几英里内唯一的生物,非常渺小的生物,而那只土拨鼠睡在附近某个地方的地下,做着它不断重复的梦。